日雇い浪人生活録㊉

金の徒労

上田秀人

時代小説文庫

JN122037

角川春樹事務所

本書は、ハルキ文庫のための書き下ろし作品です。

目次

江戸のお金の豆知識⑪

賭博にまつわる事件帳

賭博行為は跡を絶たない。江戸時代も同様で、さいころにかるた、花札など様々な賭博が流行ってはそれを幕府が禁止するという、いたちごっこの状態が続いていた。

女博打うち　寛政4年（1792、火付盗賊改・松平右金吾伺）

長五郎屋敷を欠け落ちした無宿藤八の倅・藤八郎の女房もと（通称まごめおばあ）は、博打にふける夫をいさめるどころか丁半博打に加わり、夫婦で博打渡世をしていた。発覚し、呼び出されるも出頭せず。店《たな》を失踪したふとどき、博打に加わっていたこと、しゅうと・藤八が博打宿をひらいていたのに同居していたことにより、3度以上博打を行った者への仕置きとして、中追放（田畑・家屋敷の没収と、立ち入り地の限定）となった。

武家屋敷での賭博　寛政4年（1792、火付盗賊改・長谷川平蔵伺）

筋違《すじかい》御門の門番・堀田鉱之丞の掃除中間の清次郎らは、同御門番・近藤登之助の掃除中間ほか、部外者や無宿の数人と、門番勝手口で博打を5、6回ひらいた。武家奉公の中間らは遠島、参加した百姓町人らは、武家屋敷の御門内で博打を重ねたため、廻り胴で3度以上博打を行った場合の仕置きが適用され、中追放となった。

賭博の貸元　寛政11年（1799、火付盗賊改・池田雅次郎伺）

上州緑野《みどの》郡新町宿の庄五郎は、知人の留守宅や鳥川の中洲で人を集め、てら銭（場所代）をとり、また自ら貸元となり、50銭、100銭のさいころ賭博を数回ひらいた。参加者の衣類と引き換えに木札を渡し、客が負ければ衣類を質にまわし、金を持ってきたら衣類を返していた。発覚し、遠島（遠島となった者は、あわせて田畑・家屋敷・家財没収）となった。

博打宿解き崩し　文政5年（1822、長崎奉行所扱）

浦上村中野郷では厳しい触れが出ても博打が跡を絶たず、賭博が行われた建物は解き崩すとの申し合わせをした。その後、和平次が借家で仲間4人と、5、6文ずつのすごろく賭博を村役人に見つかり逃亡。家主・平左衛門は村の申し合わせ通りにせざるを得ずと判断、庄屋の高谷官十郎に届けた上、貸家を取り崩すことにした。屋根を下ろしたところで戻った和平次は、己のことは棚に上げ、家主が家を取り壊したと訴え出た。家主・平左衛門は店子に対する「博打宿は解き崩し」との周知不足・監督不行き届きで、7日押し込め。庄屋・高谷官十郎は、人家を取り壊すほどのことを代官に伺わずに行ったのは軽率とされ、7日押し込め。和平次は今後の住居につき家主と話し合うよう申し渡された。

※参考資料『新装版　江戸の犯科帳』（樋口秀雄、新人物往来社）『犯科帳―長崎奉行の記録』（森永種夫、岩波新書）「WEB歴史街道」（PHP研究所）

主な登場人物

諫山《いさやま》左馬介《さまのすけ》……日雇い仕事で生計を立てていたが、分銅屋仁左衛門に仕事ぶりを買われ、月極で用心棒に雇われた浪人。甲州流軍扇術を用いる。

分銅屋《ふんどうや》仁左衛門《にざえもん》……浅草に店を開く江戸屈指の両替商。夜逃げした隣家（金貸し）に残された帳面を手に入れたのを機に、田沼意次の改革に力を貸すこととなった。

喜代《きよ》……分銅屋仁左衛門の身の回りの世話をする女中。少々年増だが、美人。

徳川《とくがわ》家重《いえしげ》……徳川幕府第九代将軍。英邁ながら、言葉を発する能力に障害があり、側用人・大岡出雲守忠光を通訳がわりとする。

田沼《たぬま》主殿頭《とのものかみ》意次《おきつぐ》……亡き大御所・吉宗より、「幕政のすべてを米から金に移行せよ」と経済大改革を遺命された。実現のための権力を約束され、お側御用取次に。

村垣《むらがき》伊勢《いせ》（芸者加壽美《かすみ》）……田沼の行う改革を手助けするよう吉宗の命を受けたお庭番の一人。柳橋芸者に身をやつし、左馬介の長屋の隣に住む。

井深《いぶか》深右衛門《しんえもん》……左馬介の父親がかつて召し放ちとされた、会津藩松平家の江戸家老。

但馬《たじま》久佐《ひさすけ》……水戸藩徳川家の江戸留守居役。

布屋《ぬのや》の親分……南町奉行所から十手を預かる御用聞き。

表デザイン　五十嵐　徹
（芦澤泰偉事務所）

日雇い浪人生活録㈩

金の徒労

第一章　影の女

一

茶屋という名の貸座敷で、柳橋《やなぎばし》芸者加壽美《かすみ》こと村垣伊勢《むらがきいせ》はほほえみながら、客たちの会話に耳を傾けている振りをしていた。

「まことにおめでとうございまする」

「いやいや、御上《おかみ》から拙者《せっしゃ》に任せたいとの仰せでの。まだまだ浅学《せんがく》の身、力不足とは思ったのだが、余人に代えられぬとまで言われてはの」

謙遜《けんそん》している風をとりながら、中年の旗本が自慢した。

「いえいえ、勘定奉行に次ぐ難役といわれている普請《ふしん》奉行をなさるのは、佐久間《さくま》さましかおられませぬ」

接待する側の商人が持ちあげた。

「加壽美、このたびこちらの佐久間久太夫《きゆうだゆう》さまが、普請の奉行さまになられるのよ」

商人が加壽美に旗本を紹介した。

「それはそれはおめでとうございまする。このようなおめでたい席にお呼びいただけるとは、わたくし生涯の誉《ほま》れ」

加壽美が艶《あで》やかにしなを作りながら、頭を下げた。

「そなた名前は」

「……柳橋平戸屋《ひらどや》でお世話になっております加壽美と申しまする。お見知りおきいただき、今後ともにご贔屓《ひいき》を」

佐久間久太夫から問われた加壽美が、一度裾《すそ》をさばき直して、背筋を伸ばし、柳橋芸者の気骨とはこれでございと言わんばかりの礼を見せた。

「ほう……なかなかの美形じゃの」

「…………」

あからさまに佐久間久太夫の目が、裾をさばくときに見せた白い臑《すね》、頭を下げたときに大きく開く後ろ襟《えり》の奥へ向かったのを加壽美は感じていた。

「ささっ、加壽美。佐久間さまにお注《つ》ぎして」

「はい」

塗りの銚子《ちょうし》の持ち手を指先だけで優雅に支えて、加壽美が佐久間久太夫へ小首をかしげた。

「お過ごしを」

「お、おおっっ」

加壽美に見とれていた佐久間久太夫が、あわてて杯に残っていた酒を干した。

「注げ」

「どうぞ」

突き出された杯に、加壽美が酒を注いだ。

「……そちにも取らせる」

佐久間久太夫が一気に飲んだ後、杯を差し出した。

「因幡屋《いなばや》の旦那さま」

加壽美が接待主に許可を求めた。勝手に返杯を受けるとまずかったり、機嫌を悪くする客もいる。

「遠慮はかえってご無礼だからね。いただきなさい」

因幡屋と呼ばれた恰幅《かっぷく》のいい商人が、加壽美に答えた。

「では、遠慮なくちょうだい仕《つかまつ》りまする」

加壽美が杯を受け取り、代わって佐久間久太夫が銚子を手にした。

「……飲むがよい」

杯を満たした佐久間久太夫が加壽美に勧めた。

「…………」

こぼれる寸前まで杯には酒が入れられた。加壽美は一瞬困った顔を見せたが、意を決したように杯を手元に引き寄せて呷《あお》った。

こうしてわざと酒をこぼさせて、衣服が汚れただの、武士に酒をかけるなど論外だとか難癖をつけて、芸者を思うがままにしようとする客はままいる。

だが、このていど女お庭番《にわばん》として、忍《しのび》の修業を積んでいる村垣伊勢にとってたいしたことではない。杯に酒を満たしたままで宙返りしても、一滴たりとてこぼすことなどないのだ。

「……かたじけのうございました」

「う、うむ。見事な飲みっぷりである」

白い喉《のど》を見せた加壽美に佐久間久太夫が気を奪われた。

「……お返しを」

帯の隙間《すきま》に差しこんであった懐紙《かいし》で、杯に付いた紅《べに》をていねいに拭き取り、さらに杯洗《はいせん》で濯《すす》いでから加壽美が返した。

「そこまでせずともよいぞ」

佐久間久太夫が残念そうに言った。

「芸者ごときが汚した杯を、お殿さまにそのままお返しするなどとんでもございませぬ」

加壽美が首を横に振った。

「……因幡屋」

「はい」

佐久間久太夫が因幡屋に目配せをした。

「悪いけど、少し佐久間さまとお仕事のお話をしなきゃいけないからね。少しの間、座を外してくれるかい」

「はい。みんな」

その座敷を仕切っている姐《ねえ》さん芸者が、うなずいて一同を促した。

「では、しばらく御免を」

加寿美も座敷を出た。

「気を付けな。ありゃあ、あんたに枕《まくら》の塵《ちり》を払わそうという相談だよ」

座敷の襖《ふすま》が閉まるなり、姐さん芸者が加寿美にささやいた。

「あたしは転ばないと女将《おかみ》さんにも申しあげてますのにねえ」

その芸と美貌だけで客を呼べる芸者は貴重である。たしかに客に身体《からだ》を開けば、しばらくはもてはやされるが、歳《とし》を経たり、若い芸者が来ると捨てられる。うまくその間に、落籍《らくせき》してもらうか、十分な手切れの金をもらわないと、転び芸者の末路は悲惨である。

純粋に芸を見て、楽しく話をして、酒を飲んでといういい客筋からは見放され、身体を売ろうにもあきられて、ついには娼妓《しょうぎ》に落ちるしかなくなる。

当然、置屋《おきや》もそれをわかっている。よほどの上客が大金を積みあげて無理を通してこないかぎり、芸者に強要はしなかった。

「どうする、体調が悪いで帰るかい」

「それは姐さんに迷惑が……」

姐さん芸者の提案に加寿美が二の足を踏んだ。

「なあに、相手は因幡屋だろう。因幡屋はそんなに座敷をかけてくれるほど上客ではないしね」

たいした被害はないと姐さん芸者が手を振った。

「ですが、心付けが」

加壽美が渋った。

芸者は店に支払われた花代から、前借りなどを引いた残りをもらう。衣装代だとか、三味線の損料だとか、ほとんどの芸者は置屋への借財の支払いで終わってしまう。長屋の借り賃だとか、米代などは、客からもらった心付けを分配して賄《まかな》っている。それだけに客を怒らせたら、直接懐《ふところ》が痛む。

「多少は減らされるだろうけど、まるきり出さないとはいかないからねえ。そんなことをしてごらんな、明日には因幡屋はどうやら接待の場に呼んだ芸者に満足な心付けも出せないほど、内証《ないしょう》が厳しいらしいという噂《うわさ》が立つよ」

長年芸者をやっていると、そのあたりのことに手慣れている。

「それに、ここであんたを売ってごらんな。今度はあたしが柳橋を放り出されるよ。加壽美さん、いい人ができたそうじゃないか」

姐さん芸者が楽しげに言った。

売りもの買いものと言われる芸者だけに、純粋な色恋にあこがれている。加壽美が最近、隣に住んでいる浪人といい仲らしいというのは、もう広がっていた。

「……いい人だなんて……まだ、なんの約束も……」

加壽美が恥ずかしがって見せた。

「まるでおぼこじゃないか」

「あの加壽美姐さんが」

姐さん芸者だけでなく、妹芸者もはしゃいだ。

「すいません。借りておきますね」

「そうしな。ただし、近いうちにいい人を連れて来なよ。それくらいの甲斐性《かいしょう》はあるんだろ」

姐さん芸者が加壽美に紹介しろと言った。

「自前でもきっと」

座敷の代金も姐さん芸者たちの花代も、自分が払うと加壽美が宣した。

「貢ぎすぎちゃだめだからね」

「はい。では、すいません」

忠告に頭を下げて、加壽美が離れていった。

「……よし」

角を曲がり、皆から見えなくなったところで、加壽美が天井へと跳びあがった。天井の桟を摑《つか》んで移動し、動く板を見つけるとすばやく天井裏へと身を滑りこませた。

そのまま先ほどの座敷の真上に進んだ加壽美は、村垣伊勢の顔になった。

「なんとかいたせ、あの芸者を」

佐久間久太夫が因幡屋に要求していた。

「あの芸者は、そういったことをいたしませぬという約束で座敷に呼んでおりますので……」

因幡屋が渋った。

「それはたかが町人の仕切りであろうが。余は普請奉行であるぞ。御上にも重要なお役目を任されるほどの余の情けを受けられたとあれば、あの芸者も箔《はく》が付くだろう。喜んでしかるべしだ」

「ですが、約束を破りましたら、わたくしめは平戸屋に相応の詫《わ》び金を出さなければなりませぬ」

「金などいくらでもあろうが」

「いいえ、もう蔵の底が見えておりまして。なにぶんにも、佐久間さまのお為《ため》と、田沼《たぬま》さまへご挨拶《あいさつ》を重ねましたので」

「むっ。それは……」

佐久間久太夫が口ごもった。

「わかっておる、わかっておるが、気に入ったのじゃ。なんとか頼めぬか」

口調を変えて、佐久間久太夫が願った。

「……では、お手伝い普請の材木はすべて、わたくしに」

お手伝い普請は幕府が諸大名に命じて、その金で増上寺《ぞうじょうじ》や寛永寺《かんえいじ》、江戸城などの修繕、建て直しなどをさせることだ。

幕府が大名の懐をあてにして計画を立てるだけに、材料から人手まで最高のものを使用する。年に数万両から数十万両という普請の材木を一手に引き受けられれば、それこそ一年で蔵が建つ。

普請奉行には、それをするだけの力があった。

「すべては無理じゃ。お手伝い普請を決めるには、勘定奉行さまもかかわってこられる」

幕府にかかわる金を管轄する勘定奉行が、お手伝い普請の見積もりを立てる。それに応じてどこの大名にさせるかを老中が決めた。

「それでは……田沼さまにお渡ししただけで五百両をこえておりますので、それをお返しいただいてから、加壽美をということにさせて……」

「我慢せよと申すか」

　佐久間久太夫が表情を変えた。

「でなければ、因幡屋が潰《つぶ》れてしまいまする。因幡屋が潰れれば、佐久間さまのお手伝いをする者がおらなくなりましょう。勘定奉行さまへの御立身にはまだまだお金がかかりましょう」

「むう」

　佐久間久太夫が葛藤《かっとう》した。

「半分ではいかぬか」

「……半分。よほど大きなお手伝い普請がございますならば」

　条件を出してきた佐久間久太夫に、因幡屋が引いた。

「ならば……」

「ですが、本日はご辛抱を。お手伝い普請は御上がお決めになられること。もし、しばらくないとか、数万両ていどでは、とてもとてもわたくしが保《も》ちませぬ」

「駄目か」

　因幡屋が潰れては佐久間久太夫も困る。

「その代わり、お約束をお果たしいただきましたならば、すぐにでも加壽美を、お閨《ねや》に侍《はべ》らせましょう」

「……真《まこと》であろうな」

佐久間久太夫が念を押し、二人の約束はなった。

「しかし、田沼さまはすさまじいお方でございますな。お金はしっかり受け取られまするが、見返りはくださる。今までのように、お金だけ受け取っておいて、ああだこうだと逃げを打たれるお方とは違いまする」

因幡屋が話を変えた。

「であるな。田沼さまの知己《ちき》をいただけてなによりであった」

佐久間久太夫も同意した。

「さようでございまする。いくら田沼さまでもあれだけの数の方々、すべての言うことを聞いてなどおれませぬでしょうし」

「知人が小姓《こしょう》として息子を召し出してくれと願ったが、書院番《しょいんばん》だったと嘆いていたわ」

小姓は将軍のすぐ側《そば》に仕える。名門旗本の子弟が任じられることが多く、将軍の目にいつも映るだけに気に入られやすく、後の出世も早い。

当然、それを願う者も増える。

「そのお方は、田沼さまとは」

「直接面識はなかったようじゃ。余が普請奉行になったと知って、紹介してくれればよかったものをと、恨み言を聞かされたわ」

佐久間久太夫が苦笑した。

「それを思えば、すぐに出世していかれたとはいえ、小納戸《こなんど》でしばらくともに働いていてよかったことじゃ」

「それも佐久間久太夫さまの運でございまする」

因幡屋が賞賛した。

「そうか、そうか。もうよいだろう。芸者どもを呼び返せ」

「すぐに。おおい、みんな戻ってお出《い》で」

佐久間久太夫に急《せ》かされた因幡屋が手を叩《たた》いて、芸妓《げいぎ》たちを呼び戻した。

二

浅草《あさくさ》門前町の両替商、分銅屋《ふんどうや》仁左衛門《にざえもん》は呉服橋御門《ごふくばしごもん》を入ったところにある側用人《そばようにん》田沼主殿頭意次の屋敷へ来ていた。

「お疲れのところ、畏れ入りまする」

すでに刻限は暮れ六つ（午後六時ごろ）に近い。側用人としての役目を果たして、

下城した後面談を望む者たちに会って、その願いを聞いていたのだ。分銅屋仁左衛門が気遣うほど、田沼意次は疲れていた。

「気遣ってくれるか。ありがたいことじゃ」

田沼意次が、喜んだ。

「諫山《いさやま》も連れてきておるか」

「外で待たせておりまする」

問われた分銅屋仁左衛門が答えた。

「おい、誰か外で待っている諫山をこれへ」

「はっ」

田沼意次の指図に近習《きんじゅ》が応じた。

「分銅屋、今日は急ぐか」

「いえ。この後はなにもございませぬが」

分銅屋仁左衛門が怪訝《けげん》そうな顔をした。

「ならば、つきあえ」

田沼意次が、手を叩いた。

「お呼びで」

用人の井上《いのうえ》が顔を出した。

「分銅屋と諫山にも夕餉《ゆうげ》を出してくれ。酒も二合ずつ付けよ」

「お珍しいことを」

主君が酒を嗜《たしな》むと言ったことに井上が驚いた。

「少し飲まねばやってられぬわ」

田沼意次が唇をゆがめた。

「では、ただちに」

井上が下がっていくのを見送って、田沼意次が分銅屋仁左衛門へ話しかけた。

「最近、金を貸せと言ってくる者はおらぬか」

「会津《あいづ》さまと水戸《みと》さまだけでございまする」

「……会津も水戸も上様にお近いというに」

田沼意次が嘆息《たんそく》した。

「水戸さまは酷《むご》うございまする、水戸家御用達《ごようたし》の看板と引き換えに、あるだけの金を貸せと」

「……それはまた」

分銅屋仁左衛門の話を聞いた田沼意次があきれた。

「何に遣うと言っていた」

「それが、遣い道も期間も利もなにもなしで、ただ金を貸せと」

分銅屋仁左衛門もあきれを見せた。

「水戸が金に窮《きゅう》しているのは確かだな」

田沼意次が告げた。

「大日本史《だいにほんし》の編纂《へんさん》だけではないな」

「お大名さまが金不足となるのはほとんどが無駄遣いでございますが」

金があろうともつきあいの大名家の内情など気にもしないし、耳に入ってもこない。

「水戸家二代目の当主権中納言光圀卿《ごんちゅうなごんみつくにきょう》が朝廷を中心とした正しい歴史を作るというものの以上の無駄はないと思うが」

「詳細がわかれば、お報《しら》せいたしましょう」

あきれた田沼意次に分銅屋仁左衛門が言った。

「しかし、水戸の二代目さまとなれば、ずいぶんと昔のお話ですな」

「それがまだ終わっておらぬというからの」

「二代さまの御遺令とはいえ、誰も止めぬとは」

「止めるわけなかろう」

田沼意次が面白そうな顔をした。

「のう、諌山」

近習に連れられて、諌山左馬介《さまのすけ》が姿を現したのを見た田沼意次が訊《き》いた。

「なぜ長引いたかということでございましょうや」

立ったままでは無礼になる。急いで膝《ひざ》を突いた左馬介が確認した。

「うむ。そなたの思うところを申せ」

田沼意次が促した。

「食い扶持《ぶち》を失いたくないのではないかと」

左馬介が分銅屋仁左衛門に向かって述べた。

「なるほど。完成させてしまえば、携わっていた者は不要になりますな」

分銅屋仁左衛門が納得した。

「しかし、代を重ねての引き延ばしとは」

「それが今の武士よ。たしかに武士にとって家は大事である。家があるからこそ禄《ろく》もあり、生きていける。だが、それに固執してしまうのはよろしくない。己《おのれ》の家のためならば、主家《しゅか》を喰《く》いものにしていいなどというのは論外じゃ」

田沼意次が憤《いきどお》った。

「百年以上、無駄を続けてきたなれば、いかに御三家《ごさんけ》さまとはいえ、耐えられますまい」

「だが、二代目当主の遺言とあれば、おろそかにもできず、そのままずるずると来たようじゃ。そこに昨今の諸色《しょしき》の高さが加わっては、御三家といえどもたまるまい。いや御三家の面目が質素を許さぬ」

田沼意次がため息を吐《つ》いた。

「面目のための金でございますか。いや、お伺いしてよろしゅうございました。そのような金の遣い道もおわかりでないお方に金を貸すことにならなくてすみましてございまする」

「なにを言っておるか。端《はな》から貸す気などないであろう」

「気の迷いということもございますし、なによりお相手は水戸さま。将軍さまのご一族でございまする。どのような圧力をおかけになってこられるか」

笑った田沼意次に分銅屋仁左衛門が返した。

「そのていど、どうにでもなろう」

「いえいえ、とてもとても」

分銅屋仁左衛門が手を振った。

将軍の一族でも抑えこめるだろうとの問いにうなずくわけにはいかない。

「お待たせをいたしましてございまする」

近習たちが膳《ぜん》を三人の前に置いた。

「すまぬな。では、食べようぞ。悪いが給仕はなしだ。それぞれに飯櫃《めしびつ》を用意した。代わりは己で適当にしてくれ」

田沼意次が箸《はし》に手を伸ばした。

「いただきまする」

「かたじけなく存じまする」

分銅屋仁左衛門と左馬介が、深く礼を述べてから、膳に手を伸ばした。

「……他にはなにかないか」

少し食事が進んだところで、田沼意次がさらに訊いてきた。

「そういえば、先日会津の留守居役《るすいやく》が欠け落ちたと申しておったの。その後はわかったのかの」

田沼意次が思い出した。

「あいにく、あれ以来、まったく」

分銅屋仁左衛門が首を左右に振った。

欠け落ちとは、一緒になれない男女が手に手を取って駆け落ちするのと違い、家臣が禄も家も捨てて失踪することを言う。

ご恩と奉公という武士の根幹にかかわってくるだけに重罪とされ、上意討ち、あるいは捕縛の対象となる。

「お仕えするに値せず」

欠け落ちは家臣から主君に三行半《みくだりはん》を突きつけるに等しい。

実際は借財が多いとか、道ならぬ恋にはまったとか、事情が違っても、欠け落ちされた主君は世間から未熟ととらえられる。

これが乱世だと、主君と家臣という関係も忠義というより、利害で繋《つな》がっている状況に近かったため、手柄の割に扱いが悪いとかで家臣が欠け落ちするのは珍しいことではなかった。

しかし、泰平となり、身分が固定して華々しい手柄を立てることもできなくなった今、武士は人減らしされても、新たに厚遇で迎えられることなどまずない。つまり、次はないのだ。それでいて欠け落ちされたとあれば、よほど酷《ひど》い主君だと考えられても無理はない。

「会津か。そういえば、会津から挨拶があったな。井上」

「はい」

廊下の襖際《ふすまぎわ》で隠れるように控えていた用人井上が姿を見せた。

「会津から頼みごとがあったの。あれはいつであった」

「昨日でございまする」

田沼意次の質問に井上が答えた。

「用件はお手伝い普請から外してくれというものだったと聞いたが」

「さようでございまする」

「いくらであった」

「二百金をご持参なされましてございまする」

「ふむ」

井上の口から出た二百両という数字に、その場の誰も驚かなかった。

「分銅屋、おぬしはいくら会津に貸した」

「三千両でございまする」

「……それで余に二百金か。井上、後でまたというのはなかったのだな」

「はい。お願いをいたしまするとだけ」

前金半分後金半分というのが、頼みごとの相場に近い。

最初に手付けとしていくらか渡し、残りを成功してから払う。こうせずに最初に全部渡すと、なにもしなかったり、持ち逃げしたり、適当にお茶を濁《にご》すだけで終わったりすることがある。逆に成功報酬にすると、ことをなしたが支払われなかったとか、値切られたとかが出てくる。

なすことによって前金と後金の割合は違うこともあるが、多くは五分五分であった。

「三千両のうち、二百両か。ずいぶんと安く見積もられたものよな」

「まことに」

不機嫌な顔になった田沼意次に、分銅屋仁左衛門が首肯《しゅこう》した。

「残り二千八百両はどこに回ったと思うか、分銅屋」

田沼意次が問うた。

「まず御老中さま。こちらもお一人二百両あてとして、合わせて千両。次が勘定奉行さまでしょうか。こちらが一人あて三百両で合わせて九百両」

「それでもすべて合わせて二千一百両だぞ。九百両足りぬ」

「普請奉行さまはいかがでございましょう。あまりおつきあいがございませぬので、おいくらくらいかわかりかねまする」

分銅屋仁左衛門が首をかしげた。

「普請奉行には出しておるまい。普請奉行は、お手伝い普請の実務を司《つかさど》るが、誰にさせるといったことにはかかわれぬ」

田沼意次が首を左右に振った。

「でございましたら、残りは女と坊主でございましょう」

「大奥と寛永寺、増上寺か」

嫌そうな顔を田沼意次がした。

「大奥は上様以外立ち入れぬ。たとえお側去らずの大岡出雲守《おおおかいずものかみ》どのでも叶《かな》わぬ」

大奥は将軍の閨《ねや》である。そこで生まれた子供はすべて将軍の胤《たね》とされるため、血筋への疑問を抱かせることがないよう、男子禁制となっていた。

「上様へ圧をかけるようなまねをしかねぬ」

田沼意次の表情がいっそう険しくなった。

九代将軍家重《いえしげ》は、幼少の砌《みぎり》に患った熱病の影響で、言語が不明瞭《ふめいりよう》になっている。普段は側用人大岡出雲守が家重の言葉を理解し相手に伝えているが、大奥まではついていけなかった。つまり、家重は何一つ反論できず、大奥では言われっぱなしになる。それがどれだけ家重の心に負担を掛けるかは言わなくても知れる。

「坊主どもも止められぬ」

田沼意次が嘆息した。

将軍家代々の墓を預かっている菩提寺《ぼだいじ》、天下平安などを祈願する祈願寺の権威は大きい。とくに寛永寺は門跡《もんぜき》といわれ、宮家の出が務めている。

「お目通りを願いたい」

そう言われては、止められない。

「余人を交えず、お話をいたしたく」

他人払《ひとばら》いを求められても拒みにくい。

「ご法要のことなれば、口出し無用に」

そう言われてしまえば、老中といえども徳川の臣下でしかないだけに、反論はできなくなった。

「馬鹿どもが。それらが上様にご心労をおかけすることだと気づかぬか」

田沼意次が怒った。

「どちらも金に汚い」

独り言のように分銅屋仁左衛門が口にした。

大奥も寺院も偏っている。大奥は女しかおらず、寺は男しかいなかった。人というのは、男女がいて初めて成り立つものである。男女が相和《あいわ》して子をなし、血を繋いでいく。こうして世のなかは続いてきた。

だが、大奥と寺院は、どちらか片方の性しかいない。とくに大奥は、寺院と違って自在の出入りが許されていないだけに、不満がたまりやすい。

そもそも大奥は将軍家の子をなす場所なのであり、そこにいる女はすべてそのためにいる。もちろん、将軍の目に入らないようにしている身分低い雑用の小間使いもいるが、少なくとも目通りできる格式の女たちは、全員が側室から子を産んだお腹さま、そして次代の将軍生母になることを望んでいる。そのためなら、なんでもする。いや、そのために生きている。

当たり前だが、そういった女が数百人から大奥にはいる。普通にしていては、とても将軍の目に留まることはない。

少しでも将軍の目を惹《ひ》く。そのために衣装を派手なものにし、化粧を濃くして主張するのだが、それには金がかかる。大奥の女中にも役目に応じた扶持や支給はあるが、さほど多いものではないし、身の回りの世話をする雑用の女中を雇うのは自前になる。

とても贅沢《ぜいたく》な装いをするにはたりない。

また、家重はしゃべれないが、健全な男で閨ごとにも熱心とくれば、女中たちが吾《われ》こそはと着飾るのは当然。

不足する金をくれるというならば、多少の融通は利かせる。

一応、大奥は表にかかわらないという体裁を取っているが、一人の男に女が甘えるのは目くじらを立てるほどではない。ただ、幕府の最高権力者に直接訴えられるのだ。幕府になにか無理を願うとき、大奥を頼るのは慣習となっていた。

「明日にでも釘《くぎ》を刺しておく」

田沼意次が苦い顔で言った。

「どうやって大奥へ釘を刺されますので」

大奥は男子禁制、側用人といえども立ち入りはできないはずであった。

「男子禁制とは言うがの、正確には違うのよ。上様が大奥にお入りになられているときに、危急の事態が起こることもあろう。西国《さいごく》大名が謀叛《むほん》を起こしたとか、お城に火が迫っているとか。そのようなとき、上様のお出ましを待っていては間に合わぬこともある。そのため、老中や側用人が入ることは認められておる」

「なるほど。ですが、それは危急のおりでございましょう。明日などはどのようになさるのでございますか」

分銅屋仁左衛門が重ねて訊いた。

「大奥にも坊主がおるのよ。もちろん尼僧だがの。その尼僧に呼び出しをかけ、用件を伝えさせる。上様に会津のことを願った者は、宿下がりをさせるとな」

宿下がりとは、実家あるいは親元として届けてある旗本のもとへ戻すとの意味である。終生奉公の大奥女中だが、親の危篤、家の存続にかかわるほどの大事が起こったときは、実家へ帰ることが認められている。とはいえ、それは女中から大奥の総取締役とされる年寄《としより》へ願いをあげたもので、幕府からの宿下がりは二度と戻れない放逐《ほうちく》扱いを意味した。

「従いましょうか」

「まあ、従うまいな」

疑わしそうな顔をした分銅屋仁左衛門に、田沼意次が苦笑した。

金を受け取っていながら、なにもしなかったとなれば、大奥へ話を持ちこむ者はいなくなる。

「上様はお言葉がいささか難しく、大岡出雲守どのしか詳細はわからぬ。ゆえに大奥ではほとんどお言葉を発せられぬという」

側用人、いや家重の信頼厚い田沼意次のことだ。大奥の女のなかに手の者を忍ばせているのはまちがいなかった。

「女どもはたとえ上様に迫ったところで、それを余や老中らに知られることはないと甘く思っておろう。まったく愚かな。上様はお口がご不自由ではあらせられるが、文字の読み書きにはご支障がない。表にお戻りになられたとき、紙に女の名前を記していただけばすむ。まあ、そこまでせずとも大岡出雲守どのが聞き取ってくれよう」

田沼意次が口の端を吊《つ》りあげた。

「僧侶のほうは……」

「上様ご気色優れられぬで当分は避けられよう。さすがに上様のご気分が優れぬというのに、無理押しはできまい」

会津の手立ては封じられると田沼意次が述べた。

「御老中さま方からお話があったときは」

「しっかり話し合う」

「反対なさるおつもりでしょうか」

「せぬ。反対はせぬ。ただし、お手伝い普請御免を認めるならば、もう一つの願い南山《みなみやま》御領《ごりよう》拝領は却下する」

「なるほど。二つは贅沢だと」

「そうなるの。そもそも南山御領は三代将軍家光《いえみつ》公が、弟保科《ほしな》肥後守《ひごのかみ》どのに与えようとしたものを、御三家の水戸家より所領が多くなるのは、果報が過ぎるとしてご遠慮なされたもの。それを寄こせというのは、肥後守どのの奥ゆかしき思いを踏みにじるまねだということに気づいておらぬ。まあ、それだけ藩の財政が厳しいのだろうが、そのようなもの、どこの藩でも同じ。会津だけが特別ではない」

八代将軍吉宗《よしむね》が倹約を徹底したのは、そうしないと武士の経済が維持できないとわかっていたからであった。

戦乱の世で生きることに合わせた武士は、破壊することで成長してきた。敵を屠《ほふ》り、その土地や財を奪うことで大きくなった。ただ、その生きかたは泰平の世には合わなかった。

泰平は秩序である。人を襲うな、ものを奪うな、それが泰平の基本。それを破るようなまねをする者は、世のなかの敵となる。

田を耕すか、ものを作るか、商いをするか。泰平になると人は増え、ものは求められる。作れば売れる。売れば儲《もう》かる。ようは、奪わず働けばいい。

それを理解できず、変わろうとしなかった武士は没落することになった。

「では、会津さまへの融通も……」

「無駄になるな。たとえどれだけの金を撒《ま》こうが、御上は認めぬ。上様へ余分なご負担をおかけしたのだ。老中がどう懐柔されようが、関係ない。上様のご心労をわからぬ執政《しっせい》など不要じゃ」

厳しい意見を田沼意次が言った。

「……では、これをお預かりいたしまする」

食事を共にした後、分銅屋仁左衛門は田沼意次に贈られた金以外のものを引き取り、屋敷を後にした。

「思ったより質素なご膳でしたな」

「側用人さまと同席で喰った飯なんぞ、覚えておらぬ」

分銅屋仁左衛門の感想に、左馬介が嘆息した。

「その割にはお櫃を空になされていたようですが」

「話についていけぬなら、喰うしかなかろう」

笑った分銅屋仁左衛門に、左馬介が情けない声を出した。

三

水戸藩留守居役但馬久佐《たじまひさすけ》は、供を連れて吉原《よしわら》の揚屋柳屋《やなぎや》で人を待っていた。

「……まったくなっておらぬの。会津の新しい留守居役は」

杯を手に但馬久佐が独りごちた。

「水戸家からの誘いとなれば、少なくとも半刻（約一時間）前には来て、座敷の隅で控えておくべきだろうに」

但馬久佐が怒った。

留守居役は、その名の通り当初は当主の留守を預かって他家との遣《や》り取りをおこなうのが役目であった。それがいつの間にか、主君の在府も留守もかかわりなく、外交を担うようになった。

言うまでもなく、家と家の交流に同格はあり得ない。石高《こくだか》、家格、当主の年齢などでいろいろな差が生まれる。

「よしなにの」

格上はその一言で、頼みという名の命を出し、

「なにとぞお聞き届けいただきたく」

格下は機嫌を損ねないように辞を低くして願う。

当然、御三家の一つ水戸徳川家は、最上級の格を誇る。相手が親藩として扱われている会津松平《まつだいら》家でも変わらない。

「……お待たせをいたしましてございまする」

ようやく会津藩松平家の留守居役が現れたのは、但馬久佐が銚子を二つ空けたころであった。

「いかがなされた。ご当主さまが御不例になられたかの」

遅刻を藩主の危篤のせいかと但馬久佐が嘲弄《ちょうろう》した。

「いや、あの。まだ慣れておりませず、手間取っておりました。申しわけございませぬ」

会津藩松平家の留守居役が不慣れだともう一度謝罪をした。

「そなたは新任であったの。名前は」

但馬久佐が上から訊いた。

「井頭茂右衛門《いのがしらもえもん》と申しまする。どうぞ、よろしくお引き回しのほどをお願いいたしまする」

会津藩松平家の留守居役が手を突いたままで名乗った。

「今までは何役をいたしておった」

「下屋敷用人《しも》をいたしておりましてございまする」

井頭茂右衛門と名乗った留守居役が答えた。

「下屋敷だと。上屋敷《かみ》ではなく。なんとまた、会津家は留守居役のお役目がわかっておらぬようじゃ」

大仰《おおぎょう》に但馬久佐が驚いて見せた。

「どういうことでございましょう」

留守居役にふさわしくないと言われたも同然である。井頭茂右衛門が怒りを抑えながら尋ねた。

「下屋敷用人とは、どれほどのものかの」

鼻で但馬久佐が笑いながら続けた。

「将軍家の御使者や他家の方々をお迎えする上屋敷の用人ならば、客の対応にも慣れておられよう。しかし、下屋敷はどうじゃ。藩侯がお気晴らしに来られるといっても年に何度あるか、またお出《い》でになるときには上屋敷からお供を連れてこられる。下屋敷の用人の出番など、ご到着のお迎え、お帰りのお見送りくらい。それ以外のときは、日がな一日することもなく無為に過ごしておるだけではないか」

「なにを言われるか。あまりに無礼」

井頭茂右衛門がさすがに怒った。

「ほう。先達《せんだつ》たる儂《わし》を待たせておいたのは、無礼ではないと」

「……それは。先ほど詫びたであろう」

痛いところを突かれた井頭茂右衛門が言い返した。

「詫びた……おもしろいことを言う。いつ儂が許すと言った」

「えっ……」

但馬久佐に指摘された井頭茂右衛門が間抜けな顔をした。

「頭を下げたところで、相手が認めねば、それは謝罪とは言わぬの。無礼をされたほうが許さぬかぎり、無礼は残っている」

「それは……」

まさに正論であった。

故意はもちろん、過失でもなんらかの被害を相手に与えたならば、それに応じた謝罪が要《い》る。

「これは一両の値打ちでござろう。お詫びも含めて一両と一分お支払いいたす」

こう言ったところで、

「いや、これは思い入れのある品。とてもそのようなものでは納得でき申さぬ」

拒まれればそこまでなのだ。

「こちらは十分な誠意を見せたのに、相手が受け入れぬ」

これは加害したほうの言いぶんであって、被害を受けたほうからしてみたら傲慢《ごうまん》でしかない。

もちろん、被害を受けた側がそこで金を儲けようとか、優位に立とうとかしてごねる場合は別だが、基本として詫びは受け入れる側次第であった。

「では、儂への無礼はどうする」

「貴殿への無礼とはなんだ」

「下屋敷用人を用なしだと言われたであろう」

「たしかに申した。だが、あの言葉は貴殿ではなく、下屋敷用人に向けたものである。よく思い出していただきたいの。貴殿の名前は出てこぬはずだ」

「詭弁《きべん》を……」

井頭茂右衛門が但馬久佐を睨《にら》んだ。

「ところで貴殿は、留守居役の慣例を存じておるかの」

不意に但馬久佐が話を変えた。

「一応、聞いてはおる」

会津藩松平家ともなれば、留守居役も一人ではなく、数人以上いる。高橋《たかはし》がいなくなったところで、まったくなにもわからないという状態には陥っていなかった。

「では、先達の言うことは神に等しいというのは」

「………………」

但馬久佐に問い詰められた井頭茂右衛門が黙った。

「留守居役は、藩、家禄《かろく》、年齢にかかわりなく、長くその職にある者を先達として敬い、その口から出たことは主君の命に比肩する。知っておろう」

ぐっと但馬久佐が語気を強めた。

みょうな慣習だが、留守居役には長年勤めあげている者を先達として、藩などかかわりなく上座に据える。

「酒を飲め」

「踊ってみせよ」

宴席だけのことではあるが、先達の言うことには無条件で従わなければならないとなっていた。

「嫌でござる」

「御免こうむる」

拒むことはできるがそれをすれば、

「某《なにがし》は慣習を守らぬ。そのような者と話はできぬ」

留守居役のなかで孤立する。

もともと留守居役は、互いの交流を図るだけでなく、藩境を巡っての争いの鎮静化、藩主家の嫁取り、婿入り、養子などの要望を話し合うのが目的で、宴席をおこなう。その場への参加を拒まれたり、誘いをかけても無視されたりとなれば、留守居役は機能しなくなる。

「おわかりになったようで結構」

口の端を吊りあげた但馬久佐が、井頭茂右衛門を見下ろすように反り返った。

「さて、わざわざ呼び出したのは、ちと会津藩松平家に水戸家として申しておかねばならぬことがあるからである」

但馬久佐が御三家の格を表に出した。

「……承《うけたまわ》りましょう」

いかに会津藩松平家といえども、御三家には及ばない。井頭茂右衛門が憤怒《ふんぬ》を抑えて応じた。

「浅草門前町の両替商、分銅屋への無心はやめよ」

「なにをっ」

井頭茂右衛門が驚愕《きょうがく》の声を漏らした。

高橋の後を受けただけに、井頭茂右衛門は分銅屋仁左衛門とその用心棒左馬介とのいわくをよく知っていた。

そして会津藩松平家が分銅屋仁左衛門から三千両を借り、さらに二万両を追加で借用したいと申し込んでいることも家老から聞かされていた。

「分銅屋には二度と近づくなと、いうことじゃ。わかったの」

「そのようなこと言われる筋合いではございませぬ」

藩がどこで金の工面をしようとも他家にはかかわりのないことである。井頭茂右衛門が拒否した。

「黙って従えばよいのだ。でなくば、留守居役としてつらい目に遭うぞ」

八分《はちぶ》にすると但馬久佐がもう一度脅した。

「理由もなく、そのようなこと受け入れられるわけございますまい」

「ほう、理由が知りたいか」

但馬久佐が問うた。

「是非、伺おう」

井頭茂右衛門も藩の大事である。己が留守居役をできなくなるかどうかなど、問題にもならないと但馬久佐への態度を険しいものにした。

「簡単なことじゃ。分銅屋の金は、すべて水戸家がものと決まった」

「なんと言った」

理解できないと井頭茂右衛門が怪訝な顔をした。

「耳まで悪いか。哀れよな。二度と申さぬ。しっかりと聞け」

あきれ果てた顔で但馬久佐が述べた。

「分銅屋は水戸家が差配する。手出しはするな」

但馬久佐が宣した。

「馬鹿なことを。分銅屋は金貸しでござる。貸せと言われて貸すのが商い。それを邪魔すると」

「南山御領を下賜《かし》願っておるそうじゃの」

「なぜそれを」

「高橋外記《げき》という男を存じおろう。そやつから聞いたわ」

「……なっ」

但馬久佐の言葉に井頭茂右衛門が絶句した。

「会津藩松平家の留守居役であったとか」

「まさか、高橋は水戸家に」

「………」

詰め寄る井頭茂右衛門に、但馬久佐が無言で笑った。

「引き渡していただきたい。あれは藩の重罪人でござる」

「知りませぬな。高橋という者は、拙者のあずかり知らぬところ」

「なにを言われる。先ほど高橋外記から聞いたと言われたではないか」

「聞いたとは申したが、今どこにおるか知っていると言った覚えはござらぬぞ」

「……知らぬはずはあるまい」

一瞬口ごもった井頭茂右衛門だったが、勢いに任せて迫った。

「拙者が高橋某と会ったのは、三日前じゃ。以降顔を見てもおらぬ。どこにおるかなど、興味もない」

冷たく但馬久佐が否定した。

「………」

じっと真実かどうかを見透かそうとしているかのように、井頭茂右衛門が但馬久佐を見つめた。

「男に見つめられて喜ぶ趣味は持ち合わせておらぬ」

但馬久佐がうっとうしそうに手を振った。

「……むうう」

唸《うな》りながら井頭茂右衛門が下がった。

「さあ、帰れ。もう用事はすんだ」

もう一度但馬久佐が手を振った。

「呼び出したのは、そのためか」

「そうじゃ。でなくば、留守居役として未熟なそなたの面《つら》など見たくもないわ」

「さようか……」

嫌そうに頬をゆがめる但馬久佐に、井頭茂右衛門が言葉を切った。

「では、こちらの返事をいたそう」

「返事……なにを言う。答えを求めてはおらぬわ。これは通達じゃ」

但馬久佐が嘆息した。

「分銅屋のこと、断る。それと後ほど貴家に高橋外記の行方を問い合わせさせてもらう。あれは欠け落ち者じゃ。匿《かくま》うというのは、貴家の名前に傷が付くと思われよ」

わかっていて匿っていたならば、水戸家は世間から厳しく糾弾《きゅうだん》される。それほど欠け落ちというのは、武士にとって禁忌《きんき》な行為であった。

「よいのか。南山御領のこと。御上がお許しになるとなれば、かならずや御三家へご下問がある。実態はどうであれ、御領は徳川家本家のもの。その是非を問われたとき、水戸は反対することになる。かつて会津藩松平家始祖の保科肥後守どのが故事をたとえにだしての」

「うっ」

御領を拝領すれば、会津藩松平家の石高は二十八万石をこえる。水戸家は三十五万石になっているので、保科肥後守が御三家をこえるわけにはいかないと遠慮した理由にはあたらない。だが、遠慮したではないかという過去は残っている。

「肥後守以上の功績が、会津藩松平家にはござったのか」

こう言われてはそれまでである。

たしかに会津藩松平家の忠勤は衆に優れているとはいえ、武士は主君に忠義を尽くして当然なのだ。

「水戸家の反対、甘く見るなよ」

冷たい声で但馬久佐が告げた。

「……持ち帰りまする」

井頭茂右衛門が肩を落とした。

四

井頭茂右衛門の話を聞いた会津藩松平家の江戸家老井深深右衛門《いぶかしんえもん》が苦虫を嚙《か》みつぶしたような顔をした。

「なにを考えているのだ、水戸家は」

「水戸家の内証がかなり厳しいというのは聞いておりまする」

国元の意思を伝えるべく出府してきた勘定奉行市川《いちかわ》が加わった。

「それならば知っておる。水戸家の借財は二万両をこえ、五万両に近いという噂もある」

「五万両……」

市川が息を吞《の》んだ。

「分銅屋の財はどのくらいだ」

「江戸でも指折りの両替商でございまする。大名貸し、大店《おおだな》への資金融通などもすさまじいとか。おそらく財は十万両を数えましょう」

「十万両……」

今度は井頭茂右衛門が絶句した。

「十万両といえば、当家の一年分だな。水戸家が目をつけたのはそれか」

井深深右衛門が納得した。

「ですが、いかに御三家の水戸さまとはいえ、江戸の商人を喰い潰すことはできますまい」

江戸の民は将軍の民として、保護されている。

旗本でない大名家の家臣などが、江戸で民に無体を働けば、まず許されることはなく、主家にまで咎《とが》めは及ぶ。

水戸家とはいえ、江戸で名のある分銅屋仁左衛門をどうこうできるものではなかった。

「分銅屋はご老中さまにも顔が利く。なにより、今をときめく田沼主殿頭さまと親しい。さすがに水戸家にまで罪が届くことはないだろうが、手を出した本人とそのかかわりは追放される。いや、それですめばいい。切腹は覚悟せねばなるまい」

「それでもやるだけの自信がある」

「なにもなしではなかろう。もっとも背に腹はかえられぬところまで水戸家の借財が膨れ上がっているのかも知れぬ」

井深深右衛門が井頭茂右衛門と市川の疑問に応じた。

「参勤交代をせずともよいというに」

市川が大きな息を吐いた。

大名にとって、なにが負担だといえば、参勤交代であった。

参勤交代は武家諸法度《ぶけしょはっと》で定められたもので、格別の理由がないかぎり、大名は江戸と国元を一年交替で行き来しなければならない。これは幕府が大名に課した賦役《ぶやく》の一つで、一年の間江戸に詰め、その防衛に務める。

もちろん、大名の格式、石高によって江戸へ伴う供の数は決められており、財政が厳しいからといって勝手に減らすことはできなかった。

当然、江戸までの旅は日数がかかればかかるほど金がかかる。また、江戸は国元と違い、諸色《しょしき》が高く滞在費が嵩《かさ》む。

まさに大名にとって参勤交代は役ではなく、厄であった。

その参勤交代を水戸家は免除されていた。水戸家は定府《じょうふ》の家柄であり、藩主は襲封《しゅうほう》と隠居してからでなければ、国入りしないとなっている。

「市川、それは違う」

井深深右衛門が首を横に振った。

「水戸は江戸に近い。参勤交代をしたところで、江戸まで二日じゃ。負担はさほどではない。問題は定府にある」

「定府……ああ」

市川が気づいた。

「そうだ。定府は金がかかる。江戸はなにをするにも高い。そして、定府ということで水戸家は江戸に多くの藩士を詰めさせている」

通常、大名は藩士の七割を国元に置き、江戸には三割ほどしか詰めさせていなかった。

しかし、定府の大名はその逆とは言わないが、藩主がいるのだ。当たり前ながら人手はかかる。定府の大名は江戸に六割からの藩士を配置していた。

「市川はわかっているであろう。江戸におる三割の藩士のために、藩の収入の七割を使っていることを」

「はい。引き締めてはおるのでございますが……」

申しわけなさそうに市川が答えた。

「そなたを責めているわけではない。例じゃ、例。三割の藩士が藩庫の七割を費やす。ならば、六割の藩士となればどうなる」

「三割の倍とまではいきませぬな。国元の藩士が半分以下になっておりますゆえ、そちらの掛かりがかなり減りましょう。それでも藩の金のほとんどが江戸で遣われましょう」

「そこに大日本史とかいう史書の編纂《へんさん》までやれば……」

「とても金が足りませぬ」

市川が吾《わ》がことのように悲鳴をあげた。

「であろう。世間では新しい鍋釜《なべかま》を買えば、底に上杉《うえすぎ》と書けばいいという。これは貧しい上杉家に金がない……つまりは鍋釜の金気《かなけ》が飛んで、いい具合にあると嘲弄しておるのだ」

「無礼な」

井頭茂右衛門が怒った。

「民とはそうやって施政者を嘲《あざけ》ることで、不満を解消しておるのよ。あまり目くじらを立てるな。取り締まりすぎると、先年のようなことになる」

「……気づかぬことを申しました」

会津では不作と厳しい年貢の取り立てに耐えかねた百姓や民の一揆《いっき》が頻発していた。

井頭茂右衛門が頭を垂れた。

「まあ、水戸家の内情は、どうでもいいことだ。藩境を接しているというなれば、水戸家の領内で一揆が起これば、当家にも影響するが、そうではない。水戸がどうなろうが、対岸の火事でしかない」

井深深右衛門が首を横に振った。

隣で一揆が起こると、それに触発された領民が同調するときがある。

そうはならなくとも一揆を抑えきれず広がると、幕府から一揆鎮圧の出兵を命じられることもある。

もちろん、戦費は自前であり、うまく鎮圧できて当然、負けるような羽目にでもなれば、藩の武名は地に墜《お》ちる。

うまくいったところで、将軍からお褒《ほ》めの言葉を頂戴して終わりが関の山、それでいながら戦費を遣うだけでなく、藩士の命も失うことにもなりかねない。

会津藩松平家は一揆を経験しているからこそ、その怖ろしさを知っていた。

「いかがいたしましょう」

井頭茂右衛門が但馬久佐への対応を井深深右衛門に尋ねた。

「そなたはもう水戸家にかかわるな」

まず井深深右衛門は、井頭茂右衛門と但馬久佐を離した。

「分銅屋へは……」

市川が祈るような顔で訊いた。

「今まで通りだ。なんとかして、金を引き出せねば、会津が保《も》たぬ」

「はっ」

ほっと市川が安堵《あんど》の息を吐いた。


翌日、朝まで寝ずの番をした左馬介は、朝飯をしっかり喰わせてもらった後、自前の長屋へ帰ることにした。

「座敷をお使いになられてもよろしいですよ」

分銅屋仁左衛門が帰らず、店で寝ていってもいいと声をかけてくれた。

「なんとも惹かれるがの。長屋に帰らねば、水も腐る。夜具も干したい」

一人暮らしの男やもめなのだ。緩《ゆる》めれば緩めただけ、駄目になる。

「なるほど」

分銅屋仁左衛門がうなずいた。

「では、また昼過ぎに」

話を終えた左馬介は分銅屋を出た。

用心棒には大きく分けて二つの役目があった。

一つは、店が開いている間に来る強請集《ゆすりたか》りの類いである。

「この間ここで買った商品が腐っていた」

「使いものになりゃあしねえ」

苦情を申し立て、

「こりゃあ返金だけじゃ許せねえな。詫び料をもらわないと」

と金を要求する。

「ここいらはおいらの縄張りだ。そこで商いをするならば、毎月挨拶をしてもらわねえと……嫌だと言うならそれでもいいが、うちには血の気の多い若い者が多くてなあ。店が壊れたり、火事にならなきゃいいけどよ」

壁蝨《だに》のように喰いついて、ずっと血を吸い続けようとしたりする。

「言いたいことはそれだけか」

そのすべてを力でねじ伏せるのが用心棒である。

もう一つの役目が、夜中に押し入ったり、忍びこんだりして、金やものを盗んでいこうとする強盗、盗賊に対抗することだ。

どちらも武力が要る。

だが、それよりも求められるものが、用心棒にはあった。

抑止力こそ用心棒に求められる。

「あそこの店の用心棒は、もと剣術道場の師範だったらしい」

「どこそこの用心棒は、遠慮がねえ。万引きしようとした野郎の右腕をへし折ったというぜ」

無頼《ぶらい》にしても盗賊にしても、己の命と身体は大事なのだ。強い奴《やつ》がいるところは避ける。

襲われたのを迎撃する用心棒よりも、襲わせないほうが重用される。用心棒を長くやってきた者、これからもし続けたい者は、そのあたりを心得ている。

左馬介は他の奉公人と同じように店の裏口からではなく、表から堂々と出入りをする。それもただ出入りするだけではなく、一度足を止めてあたりを睥睨《へいげい》するのだ。

「分銅屋には、拙者がおるぞ」

こう見せつけることで、分銅屋を狙おうと考えている者を牽制《けんせい》していた。

「旦那、お仕事は終わりでござんすかい」

すっと分銅屋を出た左馬介に御用聞きが身を寄せてきた。

「布屋《ぬのや》の親分のところにいた……」

「へえ。寸吉《すんきち》と申しやす。ついでにこのあたりは息子さんが跡を継がれて」

「そうであったな。五輪《いつわ》の与吉《よきち》の縄張りを布屋の親分が引き取って、そちらに移られたのであったの」

左馬介が思い出した。

布屋の親分という御用聞きは、分銅屋のあるあたりを縄張りにしていた。当然、分銅屋の出入りであり、布屋の親分と分銅屋仁左衛門の関係も良好であった。

縄張りのなかのことは、その親分がするという慣例を破ったのが、浅草寺《せんそうじ》に近いあたりを縄張りとしていた五輪の与吉であった。左馬介と遣り合うことになった南町奉行所定町廻り《じょうまちまわ》り同心佐藤猪之助《さとういのすけ》の手下だった五輪の与吉は、佐藤猪之助が失脚した後もしつこく左馬介を探り続けた。それに怒った分銅屋仁左衛門が五輪の与吉を潰し、息のかかった布屋の親分を後釜《あとがま》に据えた。

その結果、布屋の親分が従来手にしていた縄張りが空いた。そこを布屋の親分の息子が受け継いだのである。

「ご子息どのは、なんとお呼びすればよいのかの」

布屋の親分とは面識あるが、息子は知らない。

左馬介が訊いた。

「へえ。一応二代目と呼んでおりやすが……」

「……ああ」

口ごもった寸吉に左馬介が気づいた。

「親爺《おやじ》どのの影がちらつくと、跡継ぎが嫌っている」

「そういうことで」

当てられた寸吉が、苦笑した。

「決まったら教えてくれ」

左馬介が頼んだ。

「で、どうかの」

「今のところ、変なようすの野郎はいやせんが、気は抜かずにお願いいたしやす」

声を潜めた左馬介に寸吉が告げた。

「承知しておる」

左馬介がうなずいた。

布屋の親分は縄張り一つを手に入れた恩を返すというのと、息子のことをよろしくお願いしますをこめて、分銅屋の見張りを日中だけだが付けてくれていた。

おかげで左馬介もゆっくり長屋で休めるし、湯屋《ゆや》にも行けるようになった。

「少し頼む」

「へい」

寸吉が首肯して離れていった。

まだ分銅屋がさほど離れていないところで、あきらかに御用聞きとわかる尻端折《しりはしょ》りの男と用心棒が話し合う。言うまでもなく、これも抑止であった。

用心棒が離れたと勇めば、御用聞きが出てくる。

少し目端の利いた無頼ならば、分銅屋に強請集りをかけることをあきらめる。

残念ながら、そういった注意のできない愚か者はどうしても出てくるが、その手の輩《やから》は、店で騒ぎを起こした瞬間、十手《じって》を突き出した寸吉と顔を合わせることになった。

「……まずは水替えをしなければならないが……眠い」

長屋に戻った左馬介は、そのまま敷きっぱなしの夜具の上に転がった。

「…………」

多少の仮眠はとっているとはいえ、夜通しの警戒は疲れる。肉体よりも心が安まらず、疲れが抜けない。

横になった左馬介はあっという間に眠りに就いた。

「……ぐえっ」

どのくらい経《た》ったか。寝ていた左馬介が腹の上にのしかかられて、目覚めた。

「昼間からいい身分だの」

左馬介の腹の上で加壽美こと村垣伊勢が不機嫌な顔を見せていた。

「夜を徹していたのだ。昼間寝るくらいよいだろうが」

左馬介が苦情を返した。

「もう二刻（約四時間）以上になるぞ」

「……そんなに寝たのか」

村垣伊勢に言われて左馬介が驚いた。

「ぐっすりであったぞ」

あきれながら、村垣伊勢が少し尻を動かした。

「……………」

股の近くで村垣伊勢の尻の感触を浴びせられた左馬介が黙った。

「気持ちよかろう」

にやりと村垣伊勢が笑った。

「男の本性がそういうものだとわかっているが、直接向けられるのはかなわぬ。それが些少《さしょう》でも気に入っている相手ならまだしも、初めて顔を合わせただけの男など、吐き気がするわ」

村垣伊勢の顔から笑いが消えた。

「それは災難だったな」

左馬介は村垣伊勢の尻を頭から追いやった。

「主殿頭さまのなされたことゆえ我慢したが……でなければ闇討《やみう》ちを仕掛けていたところよ」

「田沼さまの……」

「金で役目を買った馬鹿が、それを己の力だと思い違えてな」

首をかしげた左馬介に、村垣伊勢が語った。

「大きな普請といえば……会津」

「確実とはいえぬが、そうなるやも知れぬ。それとなく注意をしておけ」

顔色を変えた左馬介に村垣伊勢が忠告した。

「さて、吾《われ》の憤懣《ふんまん》をぶつけさせてもらおう」

不意に村垣伊勢が全身で左馬介に抱きついた。

「おうわ。なにをする」

「風呂《ふろ》に入ったくらいでは消えぬように、匂《にお》いをつけてくれよう。あの女中がどのような顔をするか。楽しみじゃの」

慌てた左馬介に村垣伊勢が先ほどとは別物の明るい笑いを見せた。

第二章　一門の驕《おご》り

一

留守居役を脅したていどで、会津藩松平家が分銅屋から手を引くと考えるほど、但馬久佐は甘くなかった。

「出かけるぞ」

留守居役というのは他家との会合を主な役目とするため、門限は課せられていない。但馬久佐は、家士の太郎兵衛《たろべえ》を連れて、屋敷を出た。

「どちらへ」

太郎兵衛が問うた。

「分銅屋じゃ」

「あの無礼な店に……」

太郎兵衛が苦い顔をした。

「やめぬか。相手は金主《きんしゅ》じゃぞ。こちらはその金をいただこうとしておるのだ」

但馬久佐が笑った。

「ですが、たかが商人風情《ふぜい》ではございませぬか」

「その商人に金を借りねば、武士はやっていけなくなっているのだ」

太郎兵衛の不満に、但馬久佐が険しい声を出した。

「も、申しわけございませぬ」

叱《しか》られた太郎兵衛が蒼白《そうはく》になった。

「肚《はら》のなかで商人どもをどれほど罵《のの》しろうともよいが、面《おもて》には出すな。言うまでもないが、決して口から漏らすなよ。機嫌を悪くされたら、借りれるものも借りられなくなる」

「心いたしまする」

説教されて太郎兵衛が頭を垂れた。

「借りてさえしまえば、こちらのものだ。返すも返さぬも、こちらが決められる。まあ、返せぬと言うのが正しいが」

ふたたび但馬久佐の顔に笑いが浮かんだ。

「……………」

金を奪うと言ったに等しい主《あるじ》に、太郎兵衛が黙った。

「さて、先触れをいたせ」

「はっ」

分銅屋が見えたところで、但馬久佐が今から行くと太郎兵衛に伝えさせた。

「今日はどうするかの」

留守居役には臨機応変が求められた。会う前にあるていどのことを調べていても、実際に話をすると内容が違うなどということは当たり前のようにある。

基本として、藩の損にならぬようにとの縛りがあるので、それに行き着くように、相手側の要求をいなし、こちらの要望を呑《の》ませる。そのためには駆け引きがいる。

それがまともにできない者は、留守居役に任じられても一年と保《も》たずに転じさせられる。あからさまに藩に損害を与えた者たちが左遷されるのは当然、どこでその遣《や》り取りの相手と会うかもわからない江戸に置いておくわけにもいかず、国元へ戻され、生涯日の目を見ることはもうない。

そうではなく、何年も留守居役を務めてきた者は、交渉に慣れている。

但馬久佐は十年をこえてその役にある練達な留守居役であった。

「お待ち申しあげているとのことでございまする」

太郎兵衛が戻ってきて告げた。

「よし、参ろうぞ」

但馬久佐が強くうなずいた。


両替商も金貸し業も出歩いて客を探す商売ではない。

店を構えて、看板を上げ、客が来るのを待つ。商いとは一種、魚釣りに似ている。じっと糸を垂らし、誰かが喰《く》いつけば、そこから商いは始まる。ところが魚釣りと同じく、まれに予定しない獲物がかかる。鯛《たい》を釣るつもりで竿《さお》をだしたら、蛸《たこ》がかかったとなることがあった。まだ蛸ならば喰えるだけましかも知れなかった。蛸どころか毒のある河豚《ふぐ》などが餌に喰いついてきたりすると、商いは成り立たないどころか、下手《へた》をすれば大損を出すことにもなってしまう。

「水戸には気を付けろと田沼さまから教えていただいたばかりだというに……これも呼ぶより誹《そし》れなのでしょうか」

但馬久佐が来るということを聞いた分銅屋仁左衛門が嘆息《たんそく》した。

「お座敷はどういたしましょう」

主人の世話や来客への応接をおこなう上《かみ》の女中喜代《きよ》が尋ねた。

「さっさと帰れと箒《ほうき》を逆さに立ててやりたいくらいですがね。さすがに出て行けよがしはできません。中《なか》の客間の用意を」

分銅屋仁左衛門が指図をした。

商家には来客の重要さに合わせて、客間がいくつかあった。分銅屋にも強請集《ゆすりたか》りなどを相手する店に近い下《しも》の客間、そこより少し奥に入り店の喧噪《けんそう》が聞こえない中の客間、そして重要あるいは親しい客を通す主の私室に近い上《かみ》の客間があった。

さらにそれに応じて接待も変わる。

下の客間では、飲みものも出ない。中の客間だと茶は出すがさほどの質ではなく、普段分銅屋仁左衛門が使っているものになる。そして上の間だと茶入れ一つ分でいくらという高級なものが出された。

儲《もう》かる客とそうでない客を露骨に区別する。それが商いの手立てでもあった。碌《ろく》でもない客を下の客間に入れるのは、その間に呼んできた御用聞きがすぐに割って入れるようにするためであり、上客を奥へ通すのは、優遇した取引を他の客に見られないためである。

ようは中の客間に通すのは、どうでもいい相手という意味でもあった。

「承知いたしました」

喜代が一礼して、準備のために台所へと下がった。

「水戸藩の但馬である」

「お待ちいたしておりました。どうぞ、こちらへ」

店へ入ってきた但馬久佐を番頭が中の客間へと案内した。

「主が出迎えぬとは……」

先触れしてあるというのに、主が店先で待っていないのは無礼だと、太郎兵衛が不満を見せた。

「……抑えよ」

但馬久佐が太郎兵衛をなだめた。

「ですが……」

家士にとって主は神に等しい。その主が商人に侮《あなど》られていると感じては、黙っていられない。また、ここでなにも言わないと、忠誠心が薄いと思われることもある。

「こっちは不意の客だ。会えぬと言われてもしかたがないのだ」

いかに武士で御三家の水戸藩という格式があろうとも、相手の店で無理難題を振り回すのはまずかった。

「分銅屋は田沼さまの出入りだということを忘れるな」

「……さようでございました」

田沼意次の名前に太郎兵衛がおとなしくなった。

「こちらでお待ちを。主が参りまする」

中の客間に案内した番頭が去っていった。

「前回よりも扱いは悪いの」

すぐに但馬久佐が気づいた。

初めて分銅屋に来たときは、水戸家ということもあり、上の客間で応接された。上の客間は特別な客用なので、調度品も選《え》りすぐりのものが置かれていたが、今回は普通より少しだけ上質といったものでしかない。

接待で吉原や柳橋などに出入りを重ねる留守居役だけに、但馬久佐はすぐに分銅屋仁左衛門の対応が変わった意味を理解した。

「歓迎はされぬとは思っていたが、ここまで露骨にしてくるとは。なかなか分銅屋は一筋縄ではいかぬようじゃ」

但馬久佐が表情を引き締めた。

「殿……わたくしはいかがいたしましょう」

太郎兵衛がどうすればいいかを問うた。

「おとなしくしておけと言ったが……あちらがその気ならば、こちらも応じねばならぬかの。ただし怪我《けが》はさせるな」

但馬久佐が太郎兵衛の手綱《たづな》を緩《ゆる》めた。


「急な呼び出しとはなにかあったか」

但馬久佐を客間に入れた後も腰を上げなかった分銅屋仁左衛門の前に、左馬介が駆けつけた。

「すいませんね。お休みのところ」

「いや、仕事じゃ。気になさらず。で、なにがあった」

詫《わ》びる分銅屋仁左衛門に、手を振った左馬介が尋ねた。

「水戸家の留守居役がまたぞろ参りました」

「あの尊大な奴《やっ》がか」

聞いた左馬介が嫌そうな顔をした。

「不意でございましたし、ありがたい客ではありませんのでね。ちょっと扱いをぞんざいにいたしました」

「なにをしたのだ」

「中の客間に放りこみました」

「なるほど。それは怒っているだろうな。前はもっと豪勢であったからの。だが、当然だの」

左馬介が分銅屋仁左衛門の処置を妥当だと首肯《しゅこう》した。

「でまあ、この無礼者、手討ちにいたしてくれるとなるかも知れません」

「まともにやっていいのか」

まったく危機感を覚えていない分銅屋仁左衛門の危惧《きぐ》に、左馬介が目つきを変えた。

「殺さないようにしていただければ」

分銅屋仁左衛門があっさりと認めた。

「人殺しはもう十分だな」

左馬介が辟易《へきえき》とした顔をした。左馬介を殺そうとした旗本の家士を返り討ちにしたことで、南町奉行所同心の佐藤猪之助に追いかけ回されたのだ。

「普通は、一人も殺さず生涯を終えるものですがね。申しわけなく思ってますよ」

ことは分銅屋仁左衛門の持っている財に端を発している。分銅屋仁左衛門が気まずそうに頭を下げた。

「それだけのことをしてもらっている。気兼ねせんでくれとは言わぬが、あまり悲壮な顔はやめてくれ。より重くなる」

左馬介が首を横に振った。

「一蓮托生《いちれんたくしょう》ですよ」

「なんとも頼もしいことだ。分銅屋どのと一緒なら、地獄へ落ちてもなんとかなりそうだ」

二人が顔を見合わせて、小さく笑った。

「では、行きましょうか。今日は、最初から客間へご一緒願います」

「承知した」

分銅屋仁左衛門の指図に、左馬介がうなずいた。

二

店の主といえども、武家の客を前に断りなしに客間へ足を踏み入れることはできなかった。

「お待たせをいたしましてございまする」

一度顔を合わせている。今さら名乗りなど不要であった。

「…………」

但馬久佐は分銅屋仁左衛門を見もせず、無視した。

「…………」

分銅屋仁左衛門もその一言だけで無言となった。

「なにをしておる。さっさと詫びぬか」

但馬久佐の左手に控えていた太郎兵衛が、分銅屋仁左衛門に強い口調で命じた。

「詫びでございまするか。はて、誰になにを」

分銅屋仁左衛門がわざとらしく首をかしげて見せた。

「そなた、我が主を待たせたであろう」

「それについては、あなたさまに申しあげたはずでございますが」

睨《にら》む太郎兵衛に分銅屋仁左衛門が冷たく告げた。

「……どういうことぞ、太郎兵衛」

但馬久佐が太郎兵衛を問い詰めた。

「なにやら商いの用件がございますので半刻（約一時間）ほど後にお願いいたします

と……」

　ごまかしきれないと太郎兵衛が白状した。

「たわけが」

　聞いた但馬久佐が太郎兵衛を叱った。

「すまぬことをいたした」

　但馬久佐が軽くではあったが、頭を垂れた。

「殿……」

　主君が謝罪したことに太郎兵衛が唖然《あぜん》とした。

「忠義なお方をお持ちでいらっしゃいますな」

　気にしていないと手を振りながら、分銅屋仁左衛門が皮肉を忍ばせた。

「……そちらも忠義な者を抱えておろう」

　しっかりと但馬久佐が、返してきた。

「はい。余計なことは言わず、役目をしっかり果たしてくれております。得がたきお方でございます」

　ぬけぬけと分銅屋仁左衛門が左馬介を褒《ほ》めた。

「むっ」

但馬久佐が詰まった。

「さて、但馬さまもお忙しいことと存じまする。どうぞ、ご用件を伺わせていただきますように」

「……先日の返事を聞かせてもらおうか」

「先日の……はて」

言った但馬久佐に、分銅屋仁左衛門が怪訝《けげん》そうな表情を浮かべた。

「なにかございましたか」

「水戸家の御用達《ごようたし》にしてくれると言ったであろうが」

「……そのお話ならば、その場でお断りをいたしたはずでございますが」

分銅屋仁左衛門が蒸し返されてもと困惑した。

「もう一度よく考えよと言ったはずだ」

「いえ、考えるまでもなくお断りをいたしました」

「そなた、水戸家の御用達を軽く見るか」

但馬久佐が怒気を見せた。

「軽く見るつもりは毛頭ございませぬが、わたくしは商人でございまする。なにかをするなれば、それに利を見いださねばなりませぬ」

「水戸家の御用達に利がないと申すか」

「ございませぬ」

声を荒らげた但馬久佐に、分銅屋仁左衛門が断言した。

「なっ、なにを」

水戸家の御用達という看板に価値がないと断言した分銅屋仁左衛門に但馬久佐が驚愕《きょうがく》した。

「但馬さま、水戸家の御用達を押しつける相手をおまちがえではありませぬか」

「どういうことだ。御三家の一つ水戸家の御用達といえば、幕府御用達と並ぶ名誉であろう。そなたが扱う品を水戸家が認めたのだ。当然、客たちも増えよう」

但馬久佐がわけがわからないと戸惑っていた。

「どうもお考え違いをなされておられるようで……」

わざと分銅屋仁左衛門が頭を抱えて見せた。

「考え違いだと」

「わたくしは両替商でございまする。つまり、わたくしが扱っておりますのは、天下通用の小判、分金、銭。これらを商品と考えたとして、その質を保証してくれるのは金座《きんざ》、銀座《ぎんざ》、そして銭座《ぜにざ》。つまりは御上《おかみ》でございまする。まさかとは存じますが、御上より水戸家の御用達のほうが格上だとか、信用があるとか仰せにはなられませぬでしょう」

「………」

まさに正論であった。

但馬久佐が黙った。

「ということでお断りをいたしまする」

慇懃《いんぎん》に分銅屋仁左衛門が頭を下げた。

「そなたこそわかっておるのか。この話を断る、それは水戸家との縁を失うということであるぞ。いや、水戸家を敵にまわすことになる」

但馬久佐が凄《すご》んで見せた。

「それがなにか」

分銅屋仁左衛門が首をかしげた。

「そもそも一介の両替商を相手になさる意味はどこに。敵と仰せになられましたが、お武家さまと商人では、戦《いくさ》にもなりませぬ」

「水戸家に逆らった。それだけで十分である。太郎兵衛」

「はっ」

名前を呼ばれた太郎兵衛が、座敷に置いていた太刀《たち》を手に取るなり、左馬介に向かって斬りつけた。

「……むっ」

分銅屋仁左衛門の少し後ろに控えていた左馬介が応じて前へ出た。そのままの位置では、分銅屋仁左衛門を巻きこみかねなかった。

「きええ」

気迫を口に太郎兵衛が薙《な》いだ。

「なんの」

鉄造りの太刀を振り回す余裕はないと、左馬介は腰の鉄扇《てっせん》でこれを受けた。

左馬介は、川中島《かわなかじま》の戦いに憧れた祖父が編み出した軍扇術、その唯一の継承者であった。

「……ちっ」

甲高《かんだか》い音を立てて、太郎兵衛の一刀は左馬介の鉄扇に止められた。

「今度は負けぬ」

上から太郎兵衛が体重を掛けてのしかかろうとした。

「刃が欠けますぞ」

前回、太郎兵衛の太刀を折っている。左馬介が両手で鉄扇を支えながら、太郎兵衛の動揺を誘った。

「……刃が欠けるだと」

太郎兵衛が笑った。

日本刀はよく切れる。それこそ拍子が合えば、あっさりと首を飛ばすほど鋭い。だが、その鋭利さは、刀の刃が薄いということでもある。そして、薄い刃は硬いものに当たると容易に欠け、欠けたところが引っかかるようになり、日本刀の優れた点である切れ味を損なう。さらにその欠けからひびが拡《ひろ》がって、戦いの最中《さなか》に折れたりもする。

欠けは日本刀にとって致命傷になりかねなかった。

また鍛鉄《たんてつ》でできている日本刀は、欠けたところを継ぎ足せない。欠けをなくすためには、欠けに合わせて周辺を削るしかない。それも難しいほど欠けやひびが大きければ、そこで太刀を割って脇差《わきざし》あるいは短刀へと作り替えることになる。

そうなれば、金もかかるし、修理に出している間の差し替えも要《い》る。留守居役の家士ていどでは、とてもそれだけの余裕はなかった。

「…………」

左馬介が思わず、太郎兵衛の太刀の刃を見つめた。

「刃がない……刃引《はび》きか」

しっかり対策している太郎兵衛に左馬介は驚いた。

「斬れぬか、骨なら折れるぞ」

太郎兵衛が、口の端を吊りあげた。

「潰《つぶ》れろ」

さらに太郎兵衛がのしかかってきた。

「腰が高いわ」

軍扇術は腰に重きをおいている。

左馬介は太郎兵衛の腰を浮かした。

「あっ」

不意討ちに太郎兵衛があわてたが、短い鉄扇のほうが速い。

「たあ」

のしかかるために踏み出していた太郎兵衛の左膝《ひざ》を、左馬介は鉄扇で打った。

「があああ」

膝の皿は固い。とはいえ、鉄扇の一撃に耐えられるほどではなかった。膝の皿を割られた太郎兵衛が絶叫した。

「どうなっている」

攻めた太郎兵衛が、太刀を放り投げて膝を抱え、激痛に転がり回っている。事態を把握できていない但馬久佐が呆然《ぼうぜん》となった。

「さて、但馬さま。この後は評定所《ひょうじょうしょ》でお目にかかることになりまする。どうぞ、お引き取りを」

「評定所だと」

分銅屋仁左衛門の宣戦布告に但馬久佐が息を呑んだ。

これが旗本相手だと目付《めつけ》に訴えるが、水戸家の家臣となればその手は使えない。もちろん目付に被害を訴えることもできるが、そうなれば但馬久佐ではなく、水戸家を相手にしなければならなくなる。

当たり前だが御三家相手にした訴えなど勝てるはずはない。たとえ、あからさまに水戸家が悪くとも、徳川の名前を冠する者を罪人にするわけにはいかないのだ。

分銅屋仁左衛門は、勝てない勝負を仕掛けるほど愚かではなかった。水戸家ではなく、但馬久佐との争いに持ちこもうとしている。評定所には一応、民と武士のもめ事を仲裁あるいは、裁決するという役目もあった。

そしてなにより、幕府の権力者田沼意次という後ろ盾がある。いかに田沼意次といえども、水戸家を追い詰めることはできないが、その家臣くらいならばどうにでもできた。

「武士を民が傷つけて無事ですむと……」

但馬久佐としては、そこを突くしかない。浪人は武士ではなく、民として扱われる。武士同士ならば、尋常な勝負であったという言いわけもあり得るが、武士と町人では、勝負として扱われなかった。

「刀を抜いていきなり斬りかかってきておいて、盗人猛々《ぬすっとたけだけ》しいとはこのことでございますなあ。諌山さま」

「まことに。吾《われ》なんぞ刀も抜かず、この扇子《せんす》で振り払っただけ。それで文句を言われても困るの」

同意を求められた左馬介が首肯した。

「諌山さま、評定所へ参りまする。お供を願えますか」

「急がねば評定所の門が閉まるぞ」

分銅屋仁左衛門の頼みに、左馬介が注意を与えた。

「急ぎましょう」

分銅屋仁左衛門が立ちあがった。

「ま、待て」

但馬久佐が手を伸ばし、分銅屋仁左衛門を止めようとした。

「今度は、手加減せぬぞ」

すっと左馬介が割りこんだ。

「浪人の分際で生意気な」

「ふん。おぬしから一文も銭ももらったことはないし、飯を喰わせてもらったわけでもない。いわば、そのへんの石仏みたいなもの。多少の敬意は表するが、それ以上ではない」

睨みつける但馬久佐に、左馬介が鉄扇をひけらかした。

「……むう」

但馬久佐が歯がみをした。

「さっさと帰られてはいかがでございますかな。その刀を振り回した忠義者を連れて。ただし、その忠義者が、田沼さまお出入りのわたくしを害そうとしたという事実は消えませぬ」

「商人の言うことなど、誰も信じぬ」

「どうでしょうなあ。わたくしが嘘《うそ》つき呼ばわりされるか、あなたさまが水戸家から見捨てられるか」

「拙者が見捨てられる……拙者は譜代《ふだい》の家柄ぞ」

但馬久佐が驚愕した。譜代とはおおむね三代以上家臣である家柄を指し、重職や近侍への登用など新参者とは扱いが違った。

「そこで呻《うめ》いているお方は何代あなたさまにお仕えでございますか」

「五代はこえるはずだ」

「では、ご譜代でございますな。ところで、評定所からわたくしに無体を働こうとした者を差し出せとのお下知《げち》があればどうなさいます。あくまでかばわれますか、差し出されますか、それとも最初からいなかったとなさいますか」

「…………」

「ううっ」

分銅屋仁左衛門に言われた但馬久佐が黙り、膝を抱えて呻いていた太郎兵衛の動きが止まった。

「と、殿っ」

泣きそうな声を太郎兵衛が出した。

「ええい、主を疑う気か」

但馬久佐が太郎兵衛にそう告げて、但馬久佐が席を蹴《け》った。

「申しわけございませぬ」

痛みをこらえながら謝罪した太郎兵衛にそう告げて、但馬久佐が席を蹴《け》った。

「お待ちくださいませ」

なんとか起きあがった太郎兵衛が、右足だけを使って後を追った。

「……太刀を忘れていったな」

左馬介が太郎兵衛の刀を拾いあげた。

「ちょうどいい証《あかし》となりました。しかし、刀は武士の魂と騒がれますが、忘れていくようでは、たいしたことはございませんな」

分銅屋仁左衛門が嗤《わら》った。

三

太郎兵衛を残したままというわけにもいかず捕まえた辻駕籠《つじかご》に乗せて、水戸藩上屋敷へ戻った但馬久佐は、その足で江戸家老中山修理亮《なかやましゅりのすけ》のもとへと出向いた。

「ご家老さま」

「いかがいたした。顔色が悪いぞ。なにかあったのか」

留守居役は大名たちだけでなく、幕府の要人、役人とも交流する。その留守居役の顔色が悪いとなれば、碌《ろく》なことではなかった。

「なんとお詫び申しあげてよいのやら……」

但馬久佐が混乱していた。

「とにかく、なにがあったか話せ。最初から最後まで省かずにだ」

どのような事態であろうとも、起こってしまったことはしかたがない。だが、その経緯や実状がわかれば、手の打ちようはある。

中山修理亮が但馬久佐に命じた。

「浅草門前町の両替商分銅屋をご存じで」

「知っておる。そなたが一度借財を申しこみに行き、断られたところであろう」

中山修理亮は事情の一部を把握していた。

「先日、会津に釘《くぎ》を刺しましたことも……」

「聞いておる。勘定方が文句を言っていたぞ。会津藩松平家と話をするのはいいが、なぜ当家が茶屋の掛かりを支払わねばならぬのだと」

「あれは会津藩松平家を抑えるためでございました」

実際は但馬久佐が揚屋で飲み食いをし、遊女と遊んだだけであったが、そう言っておかなければ、費用は自弁になる。

「あとで勘定方に説明しておけ。分銅屋でなにがあった」

己《おのれ》の尻《しり》は己で拭けと言って、中山修理亮が促した。

「はなはだ申しわけなき仕儀でございまするが……」

但馬久佐が語った。

「…………」

聞き終わった中山修理亮が沈黙した。

「ご家老さま……」

あまりに反応がないので、但馬久佐が不安になった。

「……わかった。そなたはもう詰め所に行かずともよい。このまま屋敷を出て行け」

中山修理亮が感情のない声で命じた。

「なにを仰せに」

「たった今、そなたは当家とかかわりのない者となった」

もう一度中山修理亮が放逐《ほうちく》を告げた。

「なぜでございまするや。今まで真面目《まじめ》にお役を務めて参りました。たかが一度の失策で放逐とはあまりでございましょう」

但馬久佐が抗弁した。

「これが女とか金で失敗したとかならば、その言いわけも通じるが、相手がまずいわ。そなたをこのまま当家に置いておけば、御上からお叱りを受けようぞ。そうでなくとも当家は御上に睨まれているのだ」

「勤王《きんのう》でございますか」

「それよ。まったく二代光圀公も要らぬことを」

確かめるように問うた但馬久佐に、中山修理亮が苦そうに顔をゆがめた。

勤王とは、この国すべては天皇のものであり、将軍はその家臣でしかないという考えである。

万一、将軍と天皇が争うときがあれば、水戸徳川家は将軍ではなく、天皇の側に立つと光圀は定め、その一端として大日本史の編纂《へんさん》を始めた。

当たり前の話だが、将軍としては面白くはない。水戸徳川家は末子とはいえ、神君《しんくん》徳川家康《いえやす》の十一男頼房《よりふさ》が初代になる分家である。分家は本家になにかあったとき、その盾となるべきであり、万一本家に跡継ぎがいなければ、跡継ぎともなる。

その分家が本家より天皇を大事にする、場合によっては本家に叛《そむ》くと公言したのだ。

「水戸から将軍が出るとき、徳川幕府は滅びる」

譜代大名や幕閣からそう噂《うわさ》されている。

「当家が代々定府《じょうふ》なのも、これのせいじゃ。当主を人質代わりに江戸に留め置き、国元で謀叛《むほん》などが起こらぬようにしているのよ、御上は」

「殿が人質、ご一門でございますぞ」

但馬久佐がそんなはずはないと首を横に振った。

「事実じゃ。でなくば、尾張《おわり》も紀伊《きい》も定府であるべきだろう」

御三家と呼ばれているなかで水戸家だけ、扱いが違う。それが答えだと中山修理亮が述べた。

「いわば当家は信用がない。そんなところに田沼主殿頭《とのものかみ》さまのご機嫌を損ねてみろ、どういう目に遭うか。さすがに御三家を潰したり、減禄《げんろく》したりはなさるまいが、表高《おもてだか》だけ合わせただけで、実高のはるかに少ないところへ移されるくらいはある」

「……………」

但馬久佐が言葉を失った。

「水戸家は、隙《すき》を見せてはならぬのだ」

「あああ」

中山修理亮の一言に、但馬久佐が崩れ落ちた。

「ゆえに、そなたを放逐する。当家の者でなくなれば、傷にはならぬからの」

「………」

但馬久佐が頭を抱えた。

「ところで但馬、当家の者でなくなったとしても、忠誠は変わらぬか」

「……なんと仰せで」

口調を変えた中山修理亮に、但馬久佐が戸惑った。

「当家へ忠義を尽くすつもりはあるかと訊《き》いておる」

中山修理亮が苛立《いらだ》った。

「も、もちろんでございまする」

ここまで言われてなにも気づかないようでは、留守居役はもちろん役に就くことなどできない。

但馬久佐が強くうなずいた。

「重畳《ちょうじょう》である」

大きく中山修理亮が首を縦に振った。

「寄る辺《べ》はあるか」

「お屋敷には置いていただけませぬので」

生まれてこのかた、ずっと上屋敷で生活をしてきた但馬久佐が不安げに尋ねた。

「当家の者ではないのだぞ。屋敷に住まわせるわけにはいくまい」

大坂の陣、島原《しまばら》の乱、由比正雪《ゆいしょうせつ》の乱と浪人から痛い目に遭わされた幕府は、大名が屋敷に浪人を滞在させることを嫌っていた。

「……でありますれば、菩提寺《ぼだいじ》か、どこぞに住まいを借りるかしかございませぬ」

「菩提寺か。やむを得ぬ。当座は菩提寺におれ。そしてできるだけ早く、しもた屋でも借りよ」

「借りるのはよろしゅうございますが、その先立つものが……」

指示を聞いた但馬久佐がすがるような目で中山修理亮を見つめた。

「それくらいの蓄えもないのか」

中山修理亮があきれた。

「留守居役はどうしても身形《みなり》に気を遣わねばなりませず……」

但馬久佐が役目柄しかたないことだと言いわけをした。

「そのぶんは、懐《ふところ》に入れているだろうが」

なにも知らないと侮るなと中山修理亮が睨んだ。

留守居役は藩の金で飲み食いをする。水戸家ほどにもなると、ほとんど接待される側で、することは少ないが、それでも馴染《なじ》みの揚屋、茶屋などはできる。

「なにとぞ、これからもよろしくお願いをいたしまする」

藩の接待の金は取りはぐれがまずない。

「吉原へお誘いくださるならば、揚屋は何処其処《どこそこ》でお願いいたしたい。馴染みでござっての。気がおけぬ」

誘われたときの場所に指定してもらえば、売り上げもあがるうえ、今後の縁もできるのだ。揚屋や茶屋が水戸家の留守居役に気を遣ったのは無理のないことであった。

言うまでもないが、気を遣うというのは利を差し出すという意味である。

「どうぞ、このたび見世《みせ》開けした女でございまして。但馬さまが初。なにとぞ、妓《おんな》としての心得を教えてやっていただきたく」

「先日は新たなお客さまをご紹介いただきありがとうございました。おかげさまで、これからもご贔屓《ひいき》いただけることとなりまして」

売られてきたばかりの未通女《おぼこ》を閨《ねや》に差し出したり、接待ではなく己の楽しみで来たときの代金をなしにしたり、大きく値引いたりする。

「どうぞ、お帰りの駕籠代にでも」

ときには、露骨に小判を差し出されることもあった。

本来は女も無料飲食も断り、金は藩の勘定方へ納めるべきだが、そのようなまねをする者が留守居役など務めるはずもない。

留守居役は客にも己にも甘い者の集まりであった。

「……………」

「市中に女を住まわせているそうだの」

金のことを言われて黙った但馬久佐を、中山修理亮が追い討った。

「どうして……」

「簡単なことだ。そなた門限がないのをよいことに、自在に出入りをしただろう。たしかに役目柄、留守居役はいつでも門をくぐれるが、さすがになにもせぬというわけにもいかぬのでな。誰がいつ通ったかを門番に記録させ、御用部屋へあげさせておる。それをそなたが接待なりの役目で出ている日と照らし合わせれば……つじつまが合わぬよな。そなた、ほとんど藩邸で寝ておらぬではないか」

「……………」

但馬久佐がうつむいた。

「その女のところでもよい。おとなしくしておれ。藩から金は出せぬが、分銅屋の一件が終われば、呼び戻してくれる」

「お呼び戻しいただけますので」

但馬久佐が顔をあげた。

赤字の藩財政を補うため、どこの大名も人減らしにやっきになっている。浪人が再仕官できるなど、砂浜で落ちた針を探すようなものであった。

「ああ。但馬の家は、水戸においても軽々に扱えぬ」

「かたじけのうございまする」

いずれは救われる。但馬久佐が感謝した。

「ただし、なにもなしというわけにはいかぬ。一度放逐した者を呼び戻すには、それ相応の手柄が要る」

「手柄……」

功績を立てろと言われた但馬久佐が困惑した。

「簡単なことよ。ただ、儂《わし》の指図に従えばいい。それだけでときが来れば、呼び出してくれる」

「ご家老さまのお指図に……」

あっさり切り捨てた相手の言うがままになる。少しだけだが、但馬久佐が不安そうな顔をした。

「気に入らぬならば、別段かまわぬ。もちろん、心配せずとも但馬の家はいずれ復興されよう。ただ、罪を得て改易《かいえき》されたのだ。旧に復すというわけにはいくまい。それでは咎《とが》めたことにならぬ」

中山修理亮の言葉は正論であった。

「どのていどに……」

おずおずと但馬久佐が訊いた。

「そうよなあ。まず、家禄は五十石、家格はお目通りできるが、組頭《くみがしら》や用人にはなれぬあたりかの」

「但馬家は四百石でございまする。それが五十石とはあまりでございまする」

四百石だと槍《やり》を立てて歩けるが、五十石では家臣の一人も抱えることができない。まさに端武者《はむしゃ》であった。

「それが嫌ならば、働け」

「……うっ」

言われた但馬久佐が詰まった。

「約束は守ってやる。そなたが儂の言う通りに動き、結果を出したならば、機を見計らって、旧禄とまでは言わぬが人がましい顔のできる家禄をくれてやる」

「お約束くださる」

但馬久佐が目を輝かせた。

「うむ。儂の名誉にかけてな。わかったならば、さっさと出ていけ。落ち着く場所が決まったならば、門番に報《しら》せておけ。決して屋敷には入るなよ。放逐された者を見つけたとあれば、上意討ちじゃと騒ぐ愚か者も出かねぬでな」

「はっ、はい」

但馬久佐が中山修理亮の手の振りに合わせて出ていった。

「……あのていどの者が留守居役をしておったのか。お家に対し、害悪しか及ぼさぬ者どもを片付けねばならぬな。その最たる大日本史編纂をしておる者たちをどうにもできぬというのが歯がゆいわ」

大きく中山修理亮がため息を吐《つ》いた。

「まあいい。一人でも減った。ときを見て召し出すというのはな、但馬。そのときが来なければ、呼び出さぬということなのだ」

嘲笑《ちようしよう》を浮かべた中山修理亮が、執務に戻った。

四

分銅屋にはできる用心棒がいる。

強請集《ゆすりたか》りはもちろん、盗賊も皆失敗して、町奉行所へ送られた。

こういった噂は、闇《やみ》に生きる者たちの耳に素早く届く。

「十万両は惜しいが、捕まれば三尺《さんじやく》高い台の上で首だけにされる」

少し目端の利く者は、命を大事にと分銅屋に近づかなくなる。

「できるといったところで一人なんだろう。数で押せばどうということはねえ」

「危ないとわかっちゃあいるが、お宝は見過ごせねえ」

頭の悪い無頼《ぶらい》は、なにも考えず、いつも通りでどうにかなると過信する。

「一人の浪人が怖いだと。おめえ、それでも男か」

「二つ名《ふたつな》が欲しいなら、他人のできないことをしなきゃなあ」

だが、質《たち》の悪いのは周りを煽《あお》る者である。

「やってやろうじゃねえか」

「これでおいらも、この辺りの顔になれる」

他人に乗せられやすい者ほど、己の能力を信じている。いや、他人より優れているから、これくらい朝飯前だと、なめてかかる。

「おい、いいのか、あんなことを言って」

おだてに乗った男がたまり場を出ていくのを見送って、小柄な無頼が問うた。

「いいんだよ。付いてきな、多吉次《たきちじ》」

男を煽った無頼が腰をあげた。

「どこへ行くんだ、八蔵《やぞう》」

多吉次と呼ばれた無頼が首をかしげながら従った。

「分銅屋の用心棒については、かなりできるとか、肚《はら》が据わっているとかの噂は耳にするが、じつのところはわかっちゃいねえだろ」

「当たり前だ。あいつにやられたのは、ほとんどがそのまま番屋行きだからな。詳しい話を聞こうにも聞けやしねえ」

八蔵に言われた多吉次が応じた。

「だから、それを調べようという算段よ」

「ということは、あいつが分銅屋へ難癖をつけるのを見張ろうと」

「そういうことよ」

確かめる多吉次に八蔵がうなずいた。

「だけどよ。見届けて、おいらたちじゃ及ばないとなったらどうするんだ。あきらめるのか」

「そこなんだがな。まあ、その辺りは実際のところを見てから考えようぜ」

八蔵が行き当たりばったりなことを言った。

「……そろそろだな」

「店へ入った」

二人が顔を見合わせた。

「もっと近づくぞ」

「ああ」

遠いとなにがどうなっているのかよく見えない。八蔵の言葉に多吉次が首を縦に振った。

「おい、なにを考えてやがる」

生《い》け贄《にえ》として踊らされた無頼が、分銅屋の暖簾《のれん》をくぐるなり、大声で威圧した。

「はい。いらっしゃいませ。両替は銭からでございますか、それとも小判を崩しに」

このていどで怯《おび》えていては、分銅屋ほどの店で番頭までのぼれない。

番頭が平然と応対した。

「……てめえ、ふざけたことを言いやがって」

予定していない対応に、一瞬、生け贄の男が気をそがれた。

「当家は両替屋でございます。なにかお店をおまちがえでは」

ぬけぬけと番頭が続けた。

「渡《わた》しの権太《ごんた》さまの顔を知らねえのか」

「あいにく、初めてのお客さまのお名前まではわかりかねまする」

二つ名を口にしてさらなる脅しをかけようとした男に、番頭が首をかしげた。

「おいらに逆らった者は、みんな三途《さんず》の川を渡ることから、渡しの権太と恐れられた……」

「三途の川となりますと、お寺さまへお見えになったほうが……」

番頭が困った顔を見せた。

「てめえ、なめやがって」

切れた渡しの権太が番頭に摑《つか》みかかろうとした。

「痛っ」

渡しの権太の額に小さな石が当たった。

「誰だっ」

「それ以上はやめておけ」

番頭が相手をしている間に報せを受けた左馬介が奥から出てきた。

「てめえ、この店の用心棒だな」

「ほう、拙者のことを知っているようだの。用心棒がいると知っていながら、強請《ゆすり》に来たと」

「この渡しの権太さまにてめえなんぞ、どうということはねえ」

見抜かれた渡しの権太が、大声を出した。

「そうか。なら、遠慮は要らぬな。最近、馬鹿が減ってほっとしていたのだが」

左馬介がため息を吐きながら、渡しの権太に近づいた。

「なめるなよ」

右手を懐に突っこんだ渡しの権太が、匕首《あいくち》を抜いた。

「…………」

たとえあからさまな格下でも、刃物には違いない。刺されば死ぬし、触れれば切れる。

左馬介が口を閉じた。

「へへっ、たいしたことねえじゃねえか。匕首に怯えてやがるぜ」

渡しの権太が気を大きくした。

「さあ、番頭。用心棒を失いたくなければ、金を出せ。いや、こんな役立たずじゃなくて、おいらを用心棒にしろよ。一日十両でやってやるぜ。安いものだろう。分銅屋の蔵には十万両唸《うな》っていると……」

要求を吊《つ》りあげていた渡しの権太が口をつぐんだ。

「どうやってっ……」

さっきまで遠かった左馬介が、二間（約三・六メートル）ほどに迫っていた。

「こいつっ」

あわてて渡しの権太が匕首を突き出した。

「ふん」

左馬介は腰の太刀を鞘《さや》ごと抜いて、振った。

太刀の姿をしているが、これは分銅屋仁左衛門が左馬介の戦いかたに合っているだろうということで別誂《べつあつら》えをしてくれた鞘まで鉄でできた棒である。

「……っ」

渡しの権太の匕首が吹き飛んだ。

「あえっ」

匕首を吹き飛ばすほどの衝撃に、渡しの権太の手がしびれた。

「やった限りはやり返される」

ゆっくりと左馬介が太刀を振りかぶった。

「ま、待て、待って」

渡しの権太が無事な左手を突き出して哀願したが、左馬介は聞かなかった。

「ぬん」

左馬介が太刀で渡しの権太の右肩を打ち据えた。

「……………」

肩の骨が破砕される痛みに渡しの権太が気を失って、倒れた。

「お見事で」

いつの間にか分銅屋仁左衛門が店先まで来ていた。

「誰か二代目のところへ人をやっておくれ」

「へい」

分銅屋仁左衛門の指図に手代が走っていった。

「諫山さま……」

「しばし」

奥へと誘った分銅屋仁左衛門を制して、左馬介が店の外へ出た。

少し離れたところから覗《のぞ》きこんでいた八蔵と多吉次が顔を見合わせた。

「強いぞ」

「相当だな」

二人はどちらともなく、分銅屋から離れた。

「あれだけの腕だと、たしかに一人で足りるな」

多吉次が感心した。

「褒めてどうする」

八蔵が苦笑した。

「だけどよう、あれじゃあ、五人やそこらでは話にならねえぞ」

「そこなんだがなあ。あいついつ寝ているんだ」

あきらめ口調の多吉次に、八蔵が疑問を口にした。

「えっと、夜じゃねえよなあ。夜高いびきの用心棒なんぞ、とんでもねえ」

「だろう」

「じゃ、昼間か」

多吉次が言った。

「いいや」

八蔵が首を横に振った。

「権太がごねてから用心棒が出てくるまで、ほとんど暇がかかっていない」

「そういや、眠そうではなかった」

多吉次も同意した。

「だけどよ、寝ないと保《も》たねえぞ。一度二日寝ずに賽子博打《さいころばくち》をやったが、最後はてめえが丁に賭けたか、半に賭けたかさえわからなくなっちまった」

「博打と一緒にするねえ。だが、三日は無理だ」

八蔵が苦笑しながら、同意した。

「となると、どこで寝ているかか」

多吉次が八蔵の言いたいことに気づいた。

「それよ。それさえわかれば、寝込みを襲えるだろう」

「寝込みでも勝てそうな気がしねえ」

八蔵の案に多吉次が嫌そうな顔をした。

「あたりめえだ。おいらたちじゃ足りねえよ。手を借りるのさ」

「手を借りるって……誰の手を」

「人斬りといえば、あいつしかいねえだろう」

「冗談言うねえ。あんなのおいらたちがどうにかできるもんじゃねえぞ。人を斬ることを報酬《ほうび》だと言うような危ねえ野郎だぞ」

多吉次が大きく手を振った。

「だから、報酬はあの用心棒だけですむだろう」

八蔵が多吉次の説得にかかった。

「あとは、全部こっちのもんだぞ」

「それはそうだが、二人じゃ、とても分銅屋を襲えまい。ちらと見ただけでも男の奉公人が五人はいたぞ」

「もちろん、こっちも人を集めるさ。用心棒を片付けたとあれば、いくらでも参加する者はいるさ」

多吉次の懸念《けねん》を八蔵が払拭《ふっしょく》した。

「ならいいけどよ」

「とりあえずは、用心棒がいつどこで寝るかを調べよう。これは二人でなんとかなるだろう」

渋々首肯した多吉次に、八蔵が言った。

「ただなあ」

「やめてくれよ、これ以上の面倒は」

「人斬りがあの用心棒だけで満足してくれればいいけど……今まで人斬りを仲間にした連中は皆、辟易《へきえき》していたというからなあ」

本気で嫌がる多吉次に八蔵が首を横に振った。

五

左馬介の日常はほぼ決まっている。朝、食事の後長屋へ帰り、一眠りした後、湯屋《ゆや》へ寄って汚れを落とし、分銅屋へ入る。

「てめえの長屋を持ってやがる。それも豪勢な長屋だ。雨漏りはしねえし、隙間風も入らなさそうだ。なにより、隣に婀娜《あだ》な芸者が住んでるなんぞ、できすぎだぜ」

三日見張った多吉次が羨んだ。

「怒るな、怒るな。だが、これで宿《やさ》がわかったんだ」

　八蔵が慰めた。

「そうだけどよお。寝ているのかどうかがわからないだろう」

　ちゃんとした長屋には出入りの路地に木戸があり、見知らぬ者の侵入を拒んでいた。

　また、木戸をどうにか抜けても、井戸端には長屋の女たちが集まり、洗濯や炊事をしながら延々と話をしている。そんななか、左馬介の長屋へ近づき、なかを窺《うかが》うのは難しい。

「井戸へ水を汲《く》みに来る一度しか出てこない。次に出てくるのは昼過ぎ。出入りがないのを寝ているに結びつけるのはあれだが、まずまちがいあるめえ」

　八蔵が推測を決定へと変えた。

「木戸番代わりの鍛冶《かじ》屋がいるとはいえ、木戸は閉められちゃいねえ。一気に押しこんで女どもを蹴散らせばいけるだろう」

「多分大丈夫だろうけどなあ。人斬りがあの女たちを見逃すか」

「…………」

　多吉次の危惧に八蔵が黙った。

「別段、見も知らねえ女たちがどうなろうがかまわねえけどよ、そこで騒ぎを起こしちゃ、いくら寝ていても用心棒が気づくぜ」

用心棒は気配に敏感でなければ務まらない。多吉次の虞《おそれ》は無視できるものではなかった。

「……人斬りと話をするしかねえな」

しばらく考えた八蔵が踵《きびす》を返した。

「今から行く気か」

「つきあえ。おめえも一緒だ」

二の足を踏んだ多吉次に、八蔵が低い声を出した。

「金のためだと思うしかねえかあ」

多吉次があきらめた。

長屋で横になりながら、左馬介は眉間《みけん》にしわを寄せていた。

「そんな顔もできるのだの」

いつものように村垣伊勢が、天井伝いに左馬介の長屋へと侵入してきた。

「頼むから表から来てくれ」

左馬介があきらめ顔で要求した。

「よいのか。表から入って」

「無論、そちらが当たり前だ」

「わかっておるのか。表から入るということは、表から帰るということだぞ」

「そうだな」

意味がわからず、左馬介がなにを言っているのかと不思議そうにした。

「入ってきたときよりも、着崩して、息も荒く、赤らんだ顔でため息を吐《つ》きながら出ても」

「天井からにしてくれ」

楽しそうな村垣伊勢に、左馬介が謝った。

「残念だ。で、なにを悩んでいる」

村垣伊勢が笑いを消した。

「聞いてもらうとするか」

左馬介が起きあがった。

「あれは三日前くらいか……」

先日のできごとを左馬介が語った。

「……ふむ。愚か者が一人分銅屋に来たか」

聞き終えた村垣伊勢が述べた。

「ああ、でその後、店をずっと見守ってくれている御用聞きがな、胡乱《うろん》な二人が渡しの権太とかいう無頼を打ち倒した直後に離れていったと教えてくれた。どうやら、なかを覗きこんでいたようだ」

「試しか。おぬしの腕を見たかったのだろう」

村垣伊勢が答えを出した。

「なんのためだ」

「当然、おぬしを襲うためだろうな。もちろん、その先にあるのは分銅屋だろうが」

理由を訊いた左馬介に村垣伊勢が告げた。

「やはりか。分銅屋どのともそうではないかということになってはいたのだがな。店を襲ったところで、裏木戸は鉄桟入りだし、塀にも手がかけられないように陶器の割れたやつを塗りこめてある。表戸は鉄板で裏打ちされている。どうやっても無理だぞ。昼間は御用聞きの目が光っている」

まさに分銅屋は難攻不落になっていた。

「人の作ったものを人が壊せぬはずなかろう。難攻の城はあっても不落の城はない」

「……むうう」

適切な意見に、左馬介は唸るしかなかった。

「おぬしを倒せるくらいの腕を持つ者を用意できれば、後は数の問題だ。おぬしをその相手が抑えている間に、他の者が蔵を破るなり、母屋《おもや》を襲うなりすれば……」

「吾《われ》より強い者など、そこらに転がっている。そうなれば保《も》たぬな」

左馬介が納得した。

「人を増やすか」

「こうなってからか。それこそ獅子身中《しししんちゅう》の虫を招きかねんぞ」

村垣伊勢の意見を左馬介は拒んだ。

「信頼できる者はおらぬのか。そなた親代々の浪人であろう。つきあいのある者くらいおるだろう」

「……そのつきあいがある者ほど怖いのよ。一度、かつての人足仕事仲間だった浪人から、分銅屋を襲う仲間にと誘われたことがあってな」

左馬介が苦い顔をした。

「それは災難だったな」

さすがの村垣伊勢も揶揄《やゆ》しなかった。

「できることを探すか」

左馬介がそう言って横になった。

「……だの」

村垣伊勢も天井へと跳んだ。

「死ぬなよ。楽しみが減る」

「勘弁してくれ」

そう残して消えた村垣伊勢に左馬介が嘆息した。

あらたに縄張りを受け継いだ二代目は、父の仕事を手伝ってきたわけではなかった。普段は屋号の布屋の手伝いをしていた。

「商売は他人に任せていい。誰であろうとも御用聞きのやってる店でいたずらはできねえ」

縄張りを移す父親の言いぶんはもっともである。

御用聞きは、表向きというか生活の糧《かて》を稼ぐための仕事を持っている場合が多かった。というのも十手《じって》を預けてくれている町奉行所や火付け盗賊改め方の与力、同心がくれる手当が、節季ごとに一分だとか、二分だとか少ないからである。とてもそれでは、己一人喰いかねる。下っ引きのような配下の面倒なんぞ、とても見られるはずもない。そこで商いをしたり、船宿をしたりして、金を稼ぐのが御用聞きの当たり前であった。

「いつも無茶ばかり言いやがる」

布屋の親分の息子は父親の命令に反発を覚えたが、その父親の手腕で、この辺りの縄張りはかなりのものになっている。

「なにかあったときは頼みますよ」

布屋の親分の勢力が増すと、縄張り内の商家はその機嫌を取りに来る。奉公人が店の金を盗んで逃げたなどの醜聞をもみ消してもらったり、無頼や食い詰め浪人の強請《ゆすり》集《たか》りから店を守ってもらうためだ。

とっくに布屋は店を辞めても十分やっていける状態になっていたが、だからといって御用聞きだけになると、いかにもあくどく儲けていると思われる。

「布屋は儲けすぎだ」

御用聞きだけではない、他の連中からも妬《ねた》みを受ければ、仕事に差し障《さわ》る。

「知らねえなあ」

布屋の親分がなにかを聞き出そうとしても、首を左右に振る。

「あっちに逃げていったぜ」

酷《ひど》いときはわざと逆を教える。

そうなれば、縄張りを維持することなどできなくなる。結果、御用聞きは表の看板を続けていくことになる。

「まったく、不意すぎる」

二代目がため息を吐いた。

「そのうえ、手慣れたのを全部連れていっちまったし」

ここより儲かる浅草の縄張りを手に入れた父親は、新しい縄張りを吾《わ》がものとする手伝いをと、手下のなかでもできる者を引き抜いていった。

「たしかに、こっちはなじんでいるが」

布屋のというだけで、無頼は逃げ出すし、どこの商家もていねいに扱ってくれる。手抜きとまではいわないが、かなりいい加減でもどうにかなった。

また、長く無事に縄張りを支配してきた布屋の親分のおかげで、この辺りには大きな問題もなかった。それこそ、流れてきた無頼や掏摸《すり》が、なにもわからず脅しや盗みを働くくらいで、博打場はあってもそこに出入りする連中は、布屋の親分の力を知っている。うかつに堅気《かたぎ》へ手出しすると、博打場ごと潰される。

まさに縄張りは、布屋の親分の名前が響き渡り、素人《しろうと》同然の二代目でも維持できるくらい落ち着いていた。

「いずれはあっちもおめえのものになる。それまでに御用聞きとして一人前になっておけとは、まったく……」

ずぶの素人よりましというていどの二代目にとって、まさに試練であった。

「二代目」

「そう呼ぶなと言っただろうが」

駆けこんできた手下に、二代目が怒った。

「すいやせん」

手下が萎縮《いしゅく》した。

今回、縄張りが二つになったことで、布屋は人手不足に陥っていた。そのためあわてて人を集めていた。

となると、どうしても手慣れていない者が出てくる。この手下もその一人であり、叱《しか》られたことで萎縮してしまった。

「で、なんだ」

「あ、ふ、分銅屋さんに……」

二代目に問われた手下が、渡しの権太の話と去っていった二人のことを報告した。

「そうか。分銅屋さんに馬鹿が出たか。馬鹿は分銅屋さんのお人が取り押さえてくださったんだな。よし、おめえ、二人ほど連れて引き取りに行け。すぐにその求めが来るだろうが、先手先手に回ってこそ、縄張りを預かることができるんだ」

「へい」

指示された手下が、急いで手配しに行った。

「よし、これでいいな」

二代目が一人で納得した。

手下も離れていった二人のことについて、どうするかの指示を受けるべきだったのをすっかりと忘れていた。

また、布屋の親分が二代目の指南役としておいていった手慣れた下っ引きが他行していたことも重なり、八蔵と多吉次の行く先は誰にも知られなかった。

第三章　盗賊の策

一

博打場《ばくちば》の多くは飲み食い無料であった。

といっても握り飯に漬物、水で薄めた酒くらいで、炙《あぶ》った干し鰯《いわし》でも出れば上等の部類になる。

もちろん、客以外が勝手に飲み食いしたら、袋だたきに遭う。

「…………」

そんな博打場で一切賭博《とばく》には参加しないが、好き放題に飯を喰《く》っている男がいた。

「人斬りが来てるな」

「へい。ここ十日ほど入り浸ってくれてやす」

「結構なことじゃねえか」

久しぶりの見廻《みまわ》りに来た親分が手下の説明にうなずいた。

「荒らしは来ねえか」

「来やすが、人斬りを見たらさっさと帰りやすよ。どころか少し加わって、こっちの機嫌を取ってくれやすから」

荒らしとは、博打場に入りこんで、いかさまだとか、札《ふだ》の勘定が合わないだとか叫んで、幾ばくかの駄賃を強請《ゆす》る者のことだ。なかには、敵対している博打場から送りこまれてくることもあり、暴れ回ったり、客に絡《から》んだりもする。

「あそこは安心して遊べない」

もめ事を嫌う商家の旦那や、金のある職人などは、荒れた博打場を避ける。

上客、いわゆる鴨《かも》を失えば、残るのは遊び人と呼ばれる金なしの碌《ろく》でもない連中だけになる。そうなれば、動く金も小さくなってしまい、その場で動く金の二割から三割を寺銭《てらせん》として取っている博打場が困る。

当然、博打場を荒らしに来た連中には厳しい対処をするが、相手もそれをわかって来るだけに、腕と度胸の立つ者を寄こす。

だからといって、そのままにはできないので、博打場も用心棒を雇うことになるが、その金が馬鹿にならなかった。

用心棒の金も欲しがらず、飲み食いだけさせてやれば満足している人斬りは、まさに博打場の守り神であった。

「逃がすなよ。多少の無理は聞いてやれ」

「へい」

親分の指示に、博打場を預かっている手下がうなずいた。

「ああ、あと人斬りが博打場にいると触れて回れ。そうすりゃ、馬鹿もやってこなくなる」

「厄除《やくよ》けですか」

「そういうことよ」

手下の返しに親分が笑った。

「ただちに若いのを走らせやしょう」

早いほうがいいと手下が、人斬りが滞在していると、辺りに触れ回らせた。

「……ここだな」

「のはず」

その夜、八蔵と多吉次は人斬りのいると噂《うわさ》になっている博打場に来ていた。

「……いるぞ」

「いたな」

二人はすぐに目当ての人物を見つけた。

「いきなりはまずいな」

「ああ」

博打場に来ておきながら、人探しだったなどとばれれば、袋だたきはされなくとも、二、三発は覚悟しなければならない。

「ちょっとだけ遊び、酒を呑《の》む振りで近づく。それでいいな」

「おう」

八蔵の話に多吉次が同意した。

「半……」

「丁だ」

手持ちの金を木札に替えた二人が、なんどか盆に参加した。

「駄目だな。ついていねえ」

八蔵が二分ほど負けたところで、手をあげた。

「少し気分を変えるとする。酒をもらうぜ」

「どうぞ」

盆の手前で控えている男に、そう告げて八蔵が腰をあげた。

「いい流れなんだが、もう一つ大きくならねえな。喉《のど》が渇いた」

わずかながら勝っていた多吉次が、木札を一枚盆に投げると席をあけた。

「こいつはどうも。どうぞ、いつでもお戻りを」

心付けをもらった盆を仕切っていた男が礼を述べた。

「…………」

無言で手を振って、多吉次が八蔵とは少し離れたところで、置きっぱなしになっている湯飲みを手にした。

「たばこ臭《くせ》えな」

博打場の湯飲みは、誰が使ったかわからないうえ、洗うことなんぞない。

鼻をつまんだ多吉次が手にした湯飲みを置いて、代わりのものを探そうと身をずらし、八蔵の姿を盆から隠すようにした。

「……人斬り、久しいな」

それを目の端で確認した八蔵が、黙々と飯を食っている三十路《みそじ》ほどの小汚い男に話しかけた。

「……誰だ」

人斬りが目をすがめて八蔵の顔を見た。

「二年ほど前、浅草寺《せんそうじ》の屋台を潰《つぶ》しただろう」

「……覚えてねえ」

「おめえは、屋台の親爺《おやじ》と手伝いの若いのを斬った。たしか、親爺は首筋を、若いのは肝の臓を貫かれて……」

「覚えている。親爺の首から舞った血が、屋台の屋根まで飛んだ。あれはきれいだった」

うっとりと人斬りが思い出に浸った。

「そのとき一緒だったんだがな。金観音《かねかんのん》の親分の仕事だったろう」

「……どうだっけな」

人斬りが思い出すのを拒否した。

「で、今は手が空いているかい」

「うん、人を斬らせてくれるのか」

小声で問うた八蔵に、人斬りが興味を見せた。

「ああ。浪人だがかなり遣う。噂で確かめたわけじゃないが、十人は殺しているはずだ」

「十人かあ、おいらの半分以下だな」

人斬りがたいしたことではないと応じた。

「そいつを斬ってもらいたい」

「斬っていいんだな」

人斬りが確かめた。

「もちろんだ」

「最近は殺すな、手の一本でいいとか、気を失わせろだとか、そういう仕事しか来ないので、面白くねえのさ。大丈夫なんだろうな」

うなずいた八蔵を人斬りが光る目で見つめた。

「駄目だったら、おめえを代わりにする」

「……だ、大丈夫だ」

人斬りが漏らした殺気に、八蔵が震えた。

「ただし、途中に女どもがいる。そいつらは斬らないでくれ。女に騒がれると面倒になる」

「女は駄目なのか。久しぶりに女の悲鳴も聴きたい」

「そっちは我慢してくれ。でなきゃ、相手の浪人が気づいて逃げ出すかも知れない」

八蔵が目標がいなくなるぞと脅かした。

「獲物を逃がすのはよくないな。じゃあ、獲物を倒した後なら、女を斬ってもいいか。いいよな。一人じゃ、とても足りねえ」

子供がお菓子をねだるように人斬りが求めた。

「か、帰りならいい」

「約束だぞ」

渋々認めた八蔵に、人斬りが念を押した。

「で、いつやる。今からでもいいぞ」

「もう、夜だぞ。相手は用心棒だ。長屋にはいねえ」

急《せ》かす人斬りを八蔵が抑えた。

「用心棒……その店に押し入っても……」

「駄目だ。店を襲えば、すぐに町奉行所が来る。そうなったら、意味がなくなるんでな」

辛抱できない人斬りに八蔵が首を横に振った。

「……しかたない」

人斬りがあきらめた。

「明日の正午に浅草寺さんの山門前でいいな」

「正午から。夜明けと同時でも……」

「駄目だ。正午だ」

「わかった」

やっと人斬りが納得した。

「じゃな」

すっと八蔵が人斬りから離れた。

「気が乗らねえ。帰るとするか」

それを確認した多吉次が手にした木札を金に戻し、八蔵より少し遅れて博打場を後にした。

「……用心棒を始末したら、できるだけ早いうちに分銅屋を襲うぞ」

「人手はどうする」

「分銅屋の用心棒が死んだとわかれば、すぐにでも集まらあ」

心配する多吉次に八蔵が笑って見せた。

二

なにごともないのが当たり前、それに左馬介はようやく気づいた。

「夜中が静かで助かる。店の周りも異状はござらぬ」

日が昇ってから店の周囲を確認し、戻ってきた左馬介が分銅屋仁左衛門に報告した。

盗賊というのは、下調べをしっかりする。もちろん、行き当たりばったりというのもいるが、そういった連中は分銅屋の守りの前に敗れ去る。

「裏木戸を開けて……」

細い板鋸《いたのこ》を差しこんで桟を切ろうとしても、鉄芯《てっしん》が入っている。鋸《のこぎり》の刃が駄目になるだけであり、

「なあに、表戸を破って、一気に押しこめば……」

大木槌《きづち》で表門を壊そうにも、内側に鉄板が仕込まれている。見せかけだけの板戸にひびを入れるだけで、

「塀を乗りこえれば……」

埋めこまれている磁器や陶器の破片で手のひらを傷つけるだけで終わる。

そういった考えなしの相手を左馬介はしなくていい。する前にことは片付いてしまう。

だが、ちょっと頭の回る盗賊は、そういった仕掛けも含めて調べあげる。

「塀の上に破片か」

ちょっと見ただけでわかるところはもちろん、裏木戸を出入りする者の様子から、

「開けるのに力が入ってるな」

裏木戸の仕掛けを疑い、

「表戸を閉めた後でも、物音が途切れぬ」

聞き耳を立てて、表戸の内側に何か仕込みがあると推測する。

「用心棒らしいのは一人、浪人のようだ。歩くときの足腰がすわっている。あれは、かなり遣うな」

「奉公人は男が六人ほどいるようだ。番頭は通いでそれ以外は店に住みこんでいる」

数日見張れば、これくらいはわかる。

「ならばこちらは腕の立つ者を二人と、蔵の鍵開け一人、塀を跳びこえられる身軽な者を一人、後は金を持ち出す者を数名と荷車、船などの運搬手段を差配する者一人、

見張りも要《い》るな」

こうやって獲物によって、人数や役割を変える。

用意周到な盗賊は、左馬介にとって要注意であった。ただ、この手の盗賊は、下調べを念入りにするため、どうしてもかすかな痕跡を残す。

塀の上の仕掛けを見抜くために使った梯子《はしご》の跡、普段人通りの少ない路地に大勢の足跡、かかわりのある者しかまず使わない裏口付近に見慣れない者の姿、用心桶《おけ》などの上に残された足形、あるいはその足形を消そうとして手拭《てぬぐ》いでこすった跡。

これらがあるかどうかを確認しておけば、少なくとも不意討ちは避けられた。

「お見廻りご苦労さまでございますな」

分銅屋仁左衛門が左馬介をねぎらった。

「では、一度長屋へ帰らせていただく」

左馬介が休憩に入らせてもらうと言った。

「結構でございますよ」

分銅屋仁左衛門が認めた。

「ああ、そういえば、あの妙な強請《ゆすり》の男を見張っていたらしい連中について、二代目からなにかありましたか」

報《しら》せはあったかと分銅屋仁左衛門が左馬介に訊《き》いた。

「いや、なにも」

「どこの者かだけでもわかってくれればいいのですが」

「帰るついでに二代目のところへ顔を出しておこう」

分銅屋仁左衛門が気にしているとあれば、用心棒としてそれを払拭《ふっしょく》するのも役目である。左馬介が申し出た。

「お願いできますか」

「これぐらいたいした手間でもござらぬ。では」

一礼して左馬介が、分銅屋仁左衛門の前から下がった。

「諫山さま」

「喜代どのか。拙者に御用かの」

廊下で待っていた女中の喜代に、左馬介は応じた。

「お帰りでございますか」

「ああ。その前に分銅屋どのの用をすませてからになるがの」

「旦那さまの御用……」

「布屋の親分の息子どののところへ顔を出してくるだけでござるよ」

上《かみ》の女中として主《あるじ》や来客の応接などを任されているだけに、喜代はなかなかの美形であった。その喜代との話は、独り者の左馬介にとってうれしいひとときでもあった。

「またぞろ危ないことを……」

「いや、さほどのことをするわけでもございませぬのでな」

表情を曇らせた喜代に、左馬介が手を振った。

「……まことでございましょうか」

かつて右胸を怪我《けが》し、迷惑をかけた左馬介を喜代は信用してくれていなかった。

「本当でござる。ちとお話をしたら、すぐに長屋へ戻りまする」

「……わかりました。では、昼餉《ひるげ》のおかずの干し鰈《がれい》は大きいのを残しておきます」

「それはうれしい」

浪人生活で魚を喰えるなど、年に数回もあればいい。それも畑の肥料にするような痩せた干し鰯が精一杯で、脂ののった肉厚の鰈など見ることもなかった。

「では」

左馬介は軽い足取りで分銅屋を出た。

「鰈なんぞ、父が生きていたころに喰ったきりではないか」

明日の収入が保証されていない浪人は、生活も慎《つつ》ましくなる。金が入れば、まず米を買う。いざとなれば、米を炊いて、水をかけるだけでも腹は満たされるからだ。

寺子屋や剣術道場の手伝いなど、決まった収入があれば別だが、ほとんどの浪人は人足仕事や手が足りないときの手伝い仕事で生きている。収入は働いた分しかもらえず、雨が降ったりすると途端に仕事にあぶれる。

「人足殺すに刃物は要らぬ。雨の十日も降ればいい」

この川柳は、浪人にも当てはまる。

「十文残せた。明日は十二文を目指そう」

一日働いて三百文ほどにしかならないが、そこから雨や病気に備えての貯蓄をしなければならないのだ。

とても魚のような高価なものをおかずに選ぶことはできなかった。

もっとも、明日死んでも悔いはないと言い放ち、稼いだだけ全部をその日に使い切る者もいるが、その手の連中はいつの間にか消えてしまう。

浪人は用心深くないと、四十歳を迎えることさえ難しい。

「さて、急ぐか」

おかずだけで心が浮き立つ。左馬介の足も軽くなった。

分銅屋からもとの布屋の親分宅は近い。

「邪魔をする。分銅屋の掛《かか》り人《うど》でござる。親分はご在宅かの」

「こいつは、分銅屋さまのところの先生」

下足番よろしく、土間で控えていた若い下っ引きが、左馬介に気づいた。

「ちいとお待ちを」

すぐに若い下っ引きが二代目を呼んできた。

「分銅屋さんのお方で。初めてお目にかかりまする。布屋でございまする」

さすがに己《おのれ》で二代目と言う気はない。

「諫山左馬介と申す。分銅屋で用心棒のような仕事をいたしておる。よしなに願う」

二代目の挨拶《あいさつ》に左馬介も応じた。

「本日はなにか」

「いや、先日の……」

二代目に問われた左馬介が用件を告げた。

「分銅屋さんを見張っていた二人でございますか。いえ、探してはおりませぬ。どうせ、縄張りの者ではございませんでしょうし」

縄張りを持つ御用聞きは、己の範疇《はんちゅう》にいる無頼《ぶらい》のことは確認している。

「馬鹿するんじゃねえぞ」

　ときどき睨《にら》みを利かさないと、無頼はすぐに要らないことをする。堅気《かたぎ》に手出しをしないかわりに、博打場くらいは見逃してやる。

　御用聞きと無頼は、一種の持ちつ持たれつであった。

「さようでござったか。いや、お手を取らせた」

「いつでもお声をおかけくださいよ」

　さっさとあきらめた左馬介に、二代目が声をかけた。

「布屋の親分も、息子はかわいいと見える。他所《よそ》の無頼だから放置していいとは、御用聞きとも思えぬ。知らぬ顔だからこそ、なにをしでかすかと見張っておかねばならぬであろうに」

　左馬介は嘆息《たんそく》したあと、急ぎ足で布屋の親分のいる浅草へと向かった。

「……ということでの」

　訪ねるなり、左馬介は顔なじみの布屋の親分に懸念《けねん》を述べた。

「申しわけもありやせん」

　事情を聞いた布屋の親分が、深々と頭を下げた。

「こっちに不安がございましたんで、ついもとの縄張りを後回しにしてしまいやした。いいえ、すっかり忘れておりやした」

布屋の親分が身を縮めた。

「早速、調べやす」

息子にさせるのではなく、自ら動くと布屋の親分が言った。

「親分、これは……いや、要らぬことだった」

もっといい指南役をつけてはどうだと言いかけて、左馬介はやめた。それくらい十分布屋の親分はわかっていると考えたからであった。

「では、わかったら分銅屋までお願いする」

「へい」

布屋の親分が最敬礼で左馬介を見送った。

「親というのは息子の心配ばかりするのかと思っていたが、吾《わ》が息子だから大丈夫だろうと妙な自信を持つこともあるのだな」

左馬介は嘆息した。

「吾が父はどう思っていたのだろう」

日々に追われてほとんど思い出さなくなっていた父左伝《さでん》のことを、左馬介はなつかしく想った。

浅草寺は江戸の民の崇敬《すうけい》を集めているだけでなく、諸国から一度は秘仏金の観音像を見てみたいと願い訪れた信者たちで、毎日賑《にぎ》わっていた。

「来るかな、人斬り」

「まちがいなく、来るさ。なにせ人が斬れるんだ」

姿の見えない人斬りに多吉次が不安げな顔をしたのに対し、八蔵は大丈夫だと胸を張った。

「人斬りは来る気でもよ、博打場の連中が認めねえんじゃねえか」

ただで最高の用心棒を抱えられているようなものなのだ。博打場を支配している親分はもちろん、直接の恩恵を受ける代貸《だいが》しなどにとって、人斬りはなんとしても留《とど》めておきたい相手であった。

「邪魔できるはずなかろう。人斬りがその本性を発揮させようとしているのを止めるなんぞ、おめえならできるか」

「冗談じゃねえ。百両もらってもしたくはねえよ」

前に立ちはだかった途端、真っ二つにされると多吉次が首を横に振った。

「博打場の連中もそれはわかっているさ。せいぜい、終わったら帰ってきてくれることを頼むくらいだろ」

八蔵がにやりと笑った。

「だけどよ、あの博打場どころか、あの辺りにはもう行けねえぞ」

十日居続けていた人斬りが、多吉次と八蔵と会っていきなり出ていくとなれば、疑われても当然であった。

「気にするな。あんな場末の博打場なんぞ、二度と行くことはねえさ。なにせ、十万両だぞ。多少仲間を募ったところで、一人千両、いや二千両は持ち出せる」

十万両を全部持ち出すとなれば、それこそ大事になる。人数が多ければできるだろうが、多くなればなるほど、人というのはまとまりをなくす。勝手に千両持って逃げ出す奴《やつ》やら、その金を持ってすぐに吉原へ駆けこむ馬鹿なぞが出てくる。そこから足が付いて、一網打尽となりかねない。

なにより、人が増えればそのぶん物音や声が大きくなり、近隣に気づかれやすくなった。

「千両かあ」

多吉次が頬をだらしなく緩《ゆる》めた。

「それだけあれば、噂の京女を抱きに上方《かみがた》まで行ってこれるぞ。どころか、京で家を買い、嫁をもらって遊んで暮らせる」

月に一両あれば、過不足無く過ごせる。千両だと、ざっと八十年いけた。

「京女か、江戸の女と抱き心地が違うらしいな」

江戸の女は家事や百姓仕事をしている。その分、引き締まっているが、なにもしないで生きていると思われている京女とは違うと考える者もいた。

「柔らかくて、抱けば溶けそうだとよ」

「そいつはいいな」

八蔵の誘いに多吉次が乗った。

「……どうやら来たぞ」

「………」

向こうが見えないくらい混雑していた門前の人がさっと割れた。

なんともいえない雰囲気を漏らしている人斬りの姿が、その向こうに見えた。

「昼間見ると、一層違うな」

「ああ。蠟燭《ろうそく》の明かりで見ているほうが、細かくはわからないだけましだった」

多吉次の感想に、八蔵が同じ思いだと言った。

「行こうか、斬りに」

近づいてきた人斬りが、楽しみだと口の端を吊《つ》りあげた。

三

長屋に着いた人斬りは、木戸番を気にすることなく足を踏み入れた。

「女は帰りに」

「わかっている」

騒ぎを起こすのは、せめて左馬介を斬ってからにしてくれと念を押した八蔵に、人斬りが見もせずにうなずいた。

「よし、ずらかるぞ」

八蔵が多吉次を誘った。

「見届けなくてもいいのか」

「人斬りが獲物を逃すわけなかろうが。それに女が血と臓腑《ぞうふ》をまき散らすのは、見たくねえ」

驚いた多吉次の問いに、八蔵が首を左右に振った。

「なにより、騒動になると顔を見られるかも知れねえ。お手配人になるのは勘弁だ」

お手配書きが回ると、御用聞きや下っ引きがやっきになる。お縄にできたら、大手柄になる。十手《じって》を預けてくれている旦那から褒美《ほうび》も出るが、なによりも名前が江戸中に知れる。

有名になれば、己の縄張りに無頼たちは近づかなくなる。

「たしかにそうだ」

多吉次も納得した。

「始まる前に……」

「おう」

二人が長屋から離れた。

思ったよりも遅くなった左馬介は、そのまま眠りに就いた。

人体というのは不思議なもので、これだけ長く夜起きて、朝眠るという生活を続けていても、熟睡はできなかった。

人は夜眠るようにできていた。

「おい」

天井からの声で、左馬介は眠りから引き戻された。

「勘弁してくれ。寝たばかりなんだ」

「永遠に眠りたいならば、そうしていろ」

いたずらはやめてくれと手を振った左馬介に、村垣伊勢が冷たく返した。

「えっ」

「耳を澄ませ。いつもの女どもの話し声は聞こえるか」

「……聞こえぬ」

村垣伊勢に言われた左馬介がはっきりと目覚めた。

「……ひっ」

井戸端に集まっていた女房たちは、近づいてくる人斬りの纏《まと》う雰囲気に声も出せなくなっていた。

「……あそこから」

井戸から数えて右側三軒目とあらかじめ教えられている。人斬りが背中に隠していた二尺（約六十センチメートル）ほどの棒を取り出した。

「…………」

障子戸の前で棒から仕込んでいた刃物を抜いた。

「ふっ」

開いているかどうかなどを確かめる気は端《はな》からない。

人斬りはいきなり障子戸に斬りかかり、斜めに二度切った。

「……いたあ」

切った障子戸を蹴飛《けと》ばした人斬りが左馬介を見つけた。

「冬じゃなくてよかったぞ。ああ、そのぶん、虫に悩まされるな」

左馬介が嘆いた。

「さて、障子戸は弁償してもらうとして、おまえは誰だ」

用心棒の性《さが》、不意討ちに動じることはない。手に鉄作りの太刀《たち》を持ちながら、左馬介が誰何《すいか》した。

「斬りがいがありそうだああ」

話につきあう気などないとばかりに、人斬りがいきなり斬りつけてきた。

「……ふん」

左馬介が受け止めようと太刀を出した。

「……くえええ」

奇声をあげて、人斬りが太刀筋を変えてきた。胴を狙っていた一刀が、左馬介の臑《すね》へと変化した。

「うおっ」

あわてて左馬介が跳んでこれをかわした。

「ふへへっへ」

笑いながら、その隙《すき》を突いて人斬りも土間から部屋へとあがった。

「慣れている」

左馬介の額から汗が一筋流れた。

長屋でも店でもそうだが、土間と床には一尺ほどの段差がある。身体《からだ》を持ちあげる形になるため重心が狂いやすく、足運びにも制限を受ける。この隙を左馬介は狙うつもりでいた。

床にあげた足を叩《たた》き折ってもいいし、重心を移動させながら伸ばしてきた肩を打ち据えてもいい。頭を狙わないのは、己の住まいをどこの馬の骨かわからない刺客の血や脳漿《のうしょう》で汚したくなかったからである。

しかし、相手もそれはわかっていた。

最初の一刀は牽制《けんせい》だったのだ。

「釣られたか」

左馬介が苦笑した。

「やるなあ」

人斬りが楽しそうに笑った。

「だから、斬らせろ」

会話する気はないと、人斬りが直刀を斜めに構えながら斬りかかってきた。

「なんの」

癖のある太刀筋だとわかった。左馬介は受けようとせず、後ろへ引くことで避けた。

「えへえ」

一層、人斬りの表情が崩れた。

「楽しいなあ。でも、そろそろ斬られてくれ。この後、女たちを斬れるんだ」

「こいつっ。かかわりのない者を巻きこむ気か」

女たちが誰のことを指すかは、すぐにわかる。左馬介が怒った。

「斬っていいか、悪いか。世のなかはその二つ。そして、女たちは斬っていいと八蔵が言った」

人斬りがあっさりと口にした。

「八蔵か。そいつが……」

「やあ」

話の続きを聞き出そうとした左馬介の思惑など関係ないと、またも人斬りが襲いかかってきた。

「くっ」

なまじ会話に注意を割いていたぶん左馬介の反応が遅れ、体勢を崩すことになった。

「……ちっ」

予想以上に大きく下がったため、左馬介の背が長屋の壁にあたった。

「逃げられないなあ」

勝者の油断もなく、人斬りが間合いを詰めてきた。

「まずい」

斬ることしか考えていない相手の恐ろしさに、左馬介は今更ながら気づいた。

「終わりだあ」

緊張もなく、人斬りが勝利の一刀を左馬介に向けた。

「……わあ」

悲鳴に近い気合いをあげて、左馬介が右手で太刀を持ち、太刀で頭を、左手で摑んだ鉄扇《てっせん》で胴を守ろうとした。

「あはああ」

斬りかかっていた人斬りの肘《ひじ》が曲がった。斬りに来ていた刀が、そのまま突きに転じた。

「しまった」

左馬介の構えでは、素早い突きに対応できない。左馬介は、己から左へ倒れこんで、必殺の突きから逃れた。

「ぐうう」

覚悟していたとはいえ、受け身を取る余裕などない。左馬介は、左肩をまともに床で打って、その痛みにうめいた。

「しつこいぞ。あきてきた。長引けば、外の獲物が逃げる」

人斬りの表情が抜けた。

「まだ、拙者は生きあきてないぞ」

転びながらも手から離さなかった鉄扇を左馬介は人斬りの臑めがけて投げた。

「ふん、そんな扇など……」

見た目は普通の扇にしか見えない鉄扇を人斬りは避けなかった。避けることで動きが一つ増え、手間がかかることを嫌ったのだ。

「ぎっ」

木製だと思っていたのが鉄だった。

まともに受けた人斬りの臑が折れた。

「お、折れたあ」

人斬りが刀を捨てて、臑を両手で抱えこんでうめいた。

「よっと」

転んだ体勢から起きあがるときが、もっとも怖い。どんな名人上手であろうとも、
重心が大きく動く、どうしても隙が生まれてしまう。

だが、今回は安心して起きられた。

「さて……」

臑は人体の急所で、ここをやられたからといって死ぬわけではないが、その痛みは
息をするのも辛《つら》いくらい強い。

左馬介は立ちあがるなり、人斬りに近づいた。

「ひえっ、ひえっ」

それに気づいた人斬りがなにか言おうとするが、痛みで言葉にならなかった。

「何を言っているかわからんのでなあ。念のため二度と剣を持てぬようにさせてもら
うぞ」

「ひゃう」

首を強く何度も横に振る人斬りを左馬介は無視した。

「ふん。おう」

「ぎゃああ……っ」

両肩を刀の形をした鉄の棒で打ち据えられた人斬りが、ついに気を失った。

「……分銅屋どのに報告だな」

両腕と両足を砕かれた人斬りは、放置したところで逃げ出せるものではない。左馬介は念のために人斬りの刀を取りあげて、分銅屋へと戻った。

「…………」

村垣伊勢は人斬りの相手は左馬介の仕事だと放置して、ことの次第を窺《うかが》っている者を探しに出た。

「いない」

人斬りの雰囲気に当てられた長屋の女房たちも家に引っ込んでおり、誰も左馬介の長屋に興味を示していなかった。

「どういうことだ」

怪訝《けげん》な顔をした村垣伊勢は、不自然な早足で離れていく八蔵たちを目の隅に捉えた。

「……ただの無頼に見える。主殿頭《とのものかみ》さまにかかわりはなさそうだが」

首をかしげながら、村垣伊勢は二人の後を追った。

四

「邪魔をする」

「おや、ずいぶんとお早い。まだ昼にもなって……なにがありました」

早々と戻ってきた左馬介の顔色が悪いことに、分銅屋仁左衛門が気づいた。

「またぞろ面倒だ。先ほど……」

左馬介が人斬りに襲われたことを告げた。

「……またですか。それも人を斬ることを楽しむような輩《やから》が諫山さまを」

分銅屋仁左衛門が眉間にしわを寄せた。

「なにもなければ、わざわざ言うつもりはなかったのだが……」

己の命が危うかったのだ。左馬介は布屋の二代目の対応を語った。

「一応、布屋の親分には言ってある」

「いけませんな。布屋の親分が忙しいのはわかってますが、息子を鍛えてさえいないとは。まったくわたしの目がたりませんでした」

聞いた分銅屋仁左衛門が左馬介に頭を下げた。

「他人の子供のしつけ不足で、分銅屋どのが詫《わ》びることはない」

左馬介がやめてくれと、手を振った。

「……先日の強請《ゆすり》は」

「まちがいないだろうな。拙者がどのていどか見るのと、どこに住んでいるかを確かめるために顔を確認したかった」

「はい。そして……」

「拙者を排除したあと、ここを襲う」

最後まで言わなかった分銅屋仁左衛門の代わりに左馬介が口にした。

「あらたに用心棒を求めるのは難しい。用心棒が盗賊に、あるいは女犯《にょぼん》に早変わりするなど、珍しいことではありません」

分銅屋仁左衛門が苦そうに頰をゆがめた。

用心棒というのは、人選が難しい。身元保証人がはっきりしていても、武芸に通じていなければ意味が無いし、強くとも人柄に問題があればとても雇うわけにはいかなかった。

「いい用心棒をお願いします」

口入《くちい》れ屋に申し入れても、なかなかそれだけの浪人はいない。

また適当な人物が見つかったとしたら、今度は囲いこんで離さなかった。

まさに今の左馬介がそうであった。

人がいなければ、互いに見張りを兼ねて複数雇うことになる。もちろん、同じ口入れ屋を通じてだと、浪人同士が仲間ということもあるので、離れたところから見繕ってくるが、もともと浪人なんぞ碌《ろく》でもない者ばかりである。

まともな武士としての矜持《きょうじ》を持っているならば、端《はな》から浪人しない。浪人させられたというだけで、まともではないとわかる。もちろん、内証《ないしょう》の苦しくなった大名から、人減らしをくらって浪人になった不幸な者もいる。この場合、本人に罪はないが、能力もないのだ。できる藩士ならば、人減らしの対象になり得ないし、万一どうしようもなくて浪人させられても、すぐに新たな仕官先は見つかる。

人の数を減らすことは、たしかに一時的に出費を減らすが、大名家に金がないという状況は改善されていない。

「殖産興業を」

「倹約徹底を」

大名も馬鹿ばかりではなかった。

なんとか収入を増やそうとあがくが、百年以上禄《ろく》という甘い敷物のうえで寝ていたのだ。今更、野宿などできるはずもなく、他家がやって評判がいいという策をまねるが、そんなもの成功したところとは、土地も違えば、人も違う。ほとんどはうまくいかなかった。

それをどうにかするのが人材であった。

「当家には海がござる。なれば塩を作りましょう。そしてできた塩を使って干物を作り、山間地へ売れば……」

「山の材木を伐り出し、これを普請《ふしん》の槌音《つちおと》が絶えない江戸や大坂などへ運べば、きっといい値で売れましょう。木を伐った後には、いい材木になる檜《ひのき》と育ちの早い杉を植えて……」

こういう案を出せたり、それを実行できたり、できた商品の販路を開拓できたりする人材は、喉から手が出るほど欲しいと大名は考えている。

当然、少しでもできる者は放逐《ほうちく》されないし、されたと知った他家はすぐに手を伸ばす。

そういった争奪とは縁のない、いてもいなくても同じ、毒にも薬にもならないと藩が判断した人物が浪人であった。

それでも喰えれば、浪人は無害に近い。基本、人というのは衣食住、とくに食が維持できれば、法を犯そうとはしないものである。

だが、浪人ほど喰うに困る者はいなかった。

生まれてこのかた、武士としての生きかたしかしていない。なにもしなくても、自ら動かなくとも、禄は保証される。藩の事情で借り上げを受け、目減りしていても米だけは手に入る。

それがいきなり奪われたのだ。

「……なぜ」

ほとんどの者は、己が不要だと言われたことに衝撃を受け、意気消沈する。人は誰でも、己に価値があると思っている。

そこから脱することができたとしても、今度は職がない。

「拙者がしてやる」

「もっとよい仕事はないのか」

武士であったという矜持を捨てられず、雇い主に大きな態度を取ったり、それでいいと納得して受けた仕事の賃金に後から苦情をつけたりするような浪人を、雇おうと考える者は少ない。

「蔵には金があるそうではないか。拙者が守ってやるのだぞ。手当金だけでなく、心付けを出せ」

「おい、死にたくなかったら、蔵の鍵を寄こせ」

まともに仕事ができなくなり、喰えなくなれば武士の矜持なんぞ、消え去る。後に残るのは、藩に捨てられた恨みと、受け入れてくれない世間への不満だけ。

そんな危うい連中を店へ入れたいと思う商人はまずいなかった。

「諫山さまを除《の》けて、次が決まるまでの間に襲う」

「でござろうよ」

分銅屋仁左衛門の推測に左馬介も同意した。

「番頭さん、布屋の親分を呼んでお出《い》で。かならず、本人が来るようにと言いなさい」

「はい」

すぐに番頭が出ていった。

「いつだと思いますか」

「今夜か明日ではないかの。拙者が死んで混乱している間を狙うと思う」

訊かれた左馬介が、予想を口にした。

「どうします」

そのうえで分銅屋仁左衛門が問うた。

「やる。この手が二度と通じぬと教えこまねばならぬ」

「結構でございますな」

分銅屋仁左衛門が満足げにうなずいた。

「そこに金があるからといって、盗《と》りに来られてはたまりません。ここまで来るのに、どれだけの苦労があったか、他人の努力の塊を力ずくで持っていく。そんなまねは御上だけで十分」

怒気もあらわに分銅屋仁左衛門が言った。

幕府は旗本の生活を守るため、ときどき棄捐令《きえんれい》や徳政令《とくせいれい》を出し、十年以上経《た》っている借財証文を無効にした。

「十年あれば、元金は取り戻していよう」

利息についてはまったく考えていないが、なにせ法も刑罰も幕府が好きにできるのだ。

「ならば……金利を上げさせてもらいましょう。損をしてまでお貸しするつもりはございません」

十年で元金のままなど、商いからいけば大損になる。

旗本たちを救済するはずだった棄捐令が、かえって旗本を苦しめる。

「そこをなんとか頼む」

せっかく借財がなくなったか、減ったかしたのだ。それを好機と生活を見直せば、二度と借財をしなくてもすむようになる。

「質素倹約こそ武士の本分」

酒を慎み、毎食付けていた魚を膳《ぜん》から外し、衣服も流行《はや》りものを追わず、遊郭通いなどをやめる。

たしかに己の愚かさを恥じ、更生する者も出る。

だが、大多数は借財がなくなったからといって、変わらない。どころか、新たに借りやすくなったと考える。

「どうしてもと仰せならば、形《かた》をお預かりいたしましょう」

先祖伝来の宝を質草として預かる。もちろん、預かるなど文言だけで、実際は取りあげる。

「では、金利を上げさせていただきまする」

前までは年一割で貸していたのを、一割二分、一割五分へと上げる。

こうして、旗本の生活はより厳しくなっていく。

分銅屋仁左衛門もこういった経験を積んでいる。

「商人は強く出れば、引くと思われるのは心外でございます。ましてや法度《はっと》外れの盗賊連中なんぞになめられてたまるものですか」

「だの」

左馬介も同意した。

「で、どうする」

「申しわけありませんが、また諫山さまには、当家で滞在をお願いしますよ」

「長屋に戻るなと」

「だけではございませぬ。湯屋《ゆや》もご辛抱いただきまする。もちろん、店の風呂《ふろ》は使っていただいてかまいません」

「それは助かるが、店の周りの見廻りはどうする」

「先生の姿がないことを見せつけるので、なしに」

二人が打ち合わせを始めた。

「長屋の敵は」

「死んではいないのなら、先生の身代わりをしてもらいましょう。戸板にのせて、上から薦《こも》をかければ、誰なのか、生きているのか、死んでいるのかもわかりますまい」

左馬介の生き死にをごまかすと分銅屋仁左衛門が述べた。

「町奉行所が黙っているとは思えぬが。拙者を襲ってきたあやつ、かなり人を殺しているぞ」

世に言う下手人《げしゅにん》を捕まえるのは大手柄である。捕まえた布屋の親分はもとより、その旦那の町奉行所同心も一躍時の人となり得る。

「布屋の親分は、一時の栄誉で目が眩《くら》むようなお方じゃございませんよ」

冷たい笑いを分銅屋仁左衛門が浮かべた。

「旦那さま、布屋の親分さんをお連れいたしました」

番頭が帰ってきて報告した。

「このたびのこと、申しわけもございやせん」

分銅屋仁左衛門の目の前に来るなり、布屋の親分が膝《ひざ》を突いた。

「今後はしっかりさせますので……」

「ああ、親分さん。もうそれではすまないからね」

「へっ」

謝罪を途中で遮断された布屋の親分が唖然《あぜん》とした。

「諫山さま。教えてあげてくださいな」

「承知した。親分、先ほどおぬしと別れて長屋へ帰った後……」

促された左馬介が経緯を語った。

「人斬り……」

思い当たった布屋の親分が蒼白《そうはく》になった。

「なんとか、こちらが勝ったが、あやうく斬り殺されるところだったわ」

左馬介も責めるような口調で締めくくった。

「どうやってお詫びをすれば……」

息子の手抜かりで、分銅屋仁左衛門の懐刀《ふところがたな》というべき左馬介が死にかけた。布屋の親分がうなだれた。

「縄張りをどちらも分銅屋さんにお預けしやす。あっしは隠居して、息子には布屋を継がせ、御用聞きからは離しやす」

江戸でも指折りの繁華を誇る浅草には、当然人が集まるだけのもめ事があった。となると御用聞きの出番が増え、頼ってくる人が多くなり、それにつれて金も入る。

面倒はあるが、それ以上の実入りがあるのが、浅草付近の縄張りであった。

それだけの縄張りは狙っている者も山のようにいる。

「よしなに」

町奉行所の与力や同心に金を渡して、十手を今の御用聞きから取りあげるように頼む者も出てくる。

縄張りといったところで、十手を預かっていなければ無意味なのだ。

「悪いが……」

だが、浅草付近でも指折りの金満家分銅屋仁左衛門の機嫌を町奉行所の与力、同心は窺っているため、その金を受け取らない。

さすがに千両出されれば揺らぐだろうが、百両くらいなら分銅屋仁左衛門がとりまとめている近隣の商家から出される挨拶金のほうが多い。

布屋の親分は垂涎《すいぜん》の縄張りをどちらも差し出すと言った。

「もらっても困りますよ。わたしは御用聞きはできませんからね」

分銅屋仁左衛門が手を左右に振った。

「ですが……」

「縄張りは今まで通り、親分がお持ちなさい。ただし、今回のことは、最初の見逃しで一つ、諫山さまが襲われたことで一つ、合計二つ貸しでよいでしょう」

「貸し二つでよろしいので」

布屋の親分が驚いた。

「ええ。ただし、ただの貸しじゃございませんからね。先ほど縄張りを差し出す覚悟を決めたなら、十分対応できるものですがね」

「……承知いたしやした」

どのようなことでも受け入れるしかない。

「では、人斬りでしたか。そいつをお渡しします。諫山さまの長屋に転がしてあるそうです」

「あの人斬りを……」

分銅屋仁左衛門の言葉に、布屋の親分が絶句した。

「大丈夫ですよ。両手両足を叩き折ったそうですから、身動きできません」

「……………」

布屋の親分が、左馬介を恐る恐る見た。

「人斬りの身柄は差し上げますがね、ちょっと町奉行所への報告は待っていただきたいのですよ」

分銅屋仁左衛門が策を語った。

「そんな危ないまねを。盗賊を待ち伏せするなど」

「金の匂《にお》いに釣られてくる馬鹿はね、片付けないかぎりまた来る。本人は来なくても、そいつにそそのかされた大馬鹿がね」

「こちらにお任せいただけれ……」

冷笑を浮かべた分銅屋仁左衛門に、布屋の親分が言いかけてやめた。たった今、任せられないと思われる失策をしたばかりだと思い出したからであった。

「いいですね。余計な手出しはしないように」

「……へい」

分銅屋仁左衛門の険しい目から、布屋の親分が目をそらした。

五

八蔵と多吉次は、ねぐらとしている本所《ほんじょ》で、顔見知りを誘っていた。

「あの分銅屋の用心棒がいなくなった」

「人斬りが、用心棒を片付けた」

結果を見てもいないが、八蔵も多吉次も人斬りが負けるとは思ってもいなかった。

「そいつは本当か」

「ふむ。おもしろいの」

声をかけられた者が続々と参加するとうなずいた。

「仲間を誘ってもいいか」

「そいつはやめてくれ。おいらたちが知らない相手は信用できねえ」

盗賊なんぞしようという連中である。裏切りなんぞ当たり前、どころか最初から裏切る気満々なのだ。

そんな連中を差配しようと思うならば、少なくとも徒党が組めないように顔見知りをできる限り加えないようにするしかなかった。

「だったら、降りるぜ」

「ああ、じゃあまたな」

人手不足になることを嫌がって引き留められるだろう、そこで仲間を加えるという条件を付けようとした者は、あっさりと外された。

「おい、いいのか」

「じゃあ、くわしい話は浅草でするぜ。付いてきな」

あわてた無頼を放置して、多吉次が歩き出した。

「そっちは頼んだ」

「ああ。あてはある」

本所に残った八蔵が、多吉次たちを見送った。

「もう文句は言わねえ。仲間に戻してくれ」

「駄目だ。一度でも言うことを聞かない奴は入れないと決めたのでな」

泣きつく無頼を八蔵も切って捨てた。

「たしか、あそこにいるはずだ」

八蔵が歩き出した。

「てめえ……」

捨てられた無頼が匕首《あいくち》を抜いた。

「人斬りをけしかけられたいのか。あいつも仲間だぞ」

「…………」

八蔵に言われた無頼の気迫が一気に萎《な》えた。

「行きな。今なら忘れてやる。まあ、浅草で人斬りの姿を見ないことを祈りな」

「…………」

捨て台詞《ぜりふ》もなく、無頼が背を向けた。

「遅くなった。いてくれればいいが」

八蔵が足を速めた。

拙速《せっそく》は巧遅《こうち》に勝る。

八蔵たちは、その日の夕方、分銅屋を見通せるところに集まっていた。

「本当に用心棒はいなくなったのだな」

浪人の一人が不安げな顔をした。

「見ていておくんなせえ。用心棒は店が閉まるときに、毎日周りを見廻りやす。それをしないとなれば……」

「人斬りはどこへ行った」

別の無頼が人斬りの姿を求めた。

「どこかの博打場に入りこんでいるんだろう。あいつは人を斬っても金を欲しがらねえからな。飯を喰うにはそうするしかねえから」

多吉次が答えた。

「まったく、なにが楽しみで生きているんだろうな。女も酒もどうでもいいなんぞ、とても男じゃねえ」

「本当かどうかは知らねえが、若いときに博打場でやらかして、一物《いちもつ》を潰されたらしい。もっともその相手は、人斬りの復讐《ふくしゅう》で肉片に変わっちまったという。それ以来、人を斬るのが楽しくなったとか」

「そいつはかわいそうだな」

噂話で無頼たちが盛り上がった。

「静かにしねえ。そろそろ店じまいのころだ」

商家はそのほとんどが日没の少し前に店を閉める。江戸の町は日が暮れると、吉原や岡場所へ遊びに行く者を除いて、ほとんど人通りがなくなる。馴染《なじ》みの女へ簪《かんざし》だとか櫛《くし》を土産《みやげ》にして、今夜をたっぷりと楽しもうと考える遊客のために小間物屋などは、日が落ちてからも開けているが、分銅屋のような両替商は日が暮れると客が来なくなるどころか、一気に剣呑《けんのん》になってしまう。

「店が閉まったぞ」

表戸が閉じられた。

「用心棒の姿は……」

「ない」

目のいい無頼が告げた。

「念のため、もう少し様子を見よう。どっちにしろ、奉公人たちが寝入るまではなんもできねえからな」

八蔵が機を待とうと言った。

「おい、奉公人たちが湯屋へ行かねえぞ」

しばらくして無頼の一人が口にした。

「たしかにそうだな」

言われた八蔵が気づいた。

商人も職人同様、毎日の入浴が習慣となっていた。冬など汗を掻《か》かない季節でも、毎日入浴することで、体臭などを防ぎ、清潔な印象を客に与える。

とくに分銅屋ぐらいの大店《おおだな》になると、客筋も大名家、豪商と高くなる。そんなうるさい客の相手をする奉公人が汗臭くては、店としての格が落ちた。

「やはり用心棒がいねえ。奉公人を湯屋へやるほどの余裕もないということよ」

八蔵が手を打った。

「やるぜ」

「あらためて言うねえ。端《はな》からそのつもりよ」

今夜実行すると言った八蔵に、別の無頼がにやりと笑った。

「いいか。分銅屋で騒ぎを起こしてから、十手持ちが来るまでは四半刻（約三十分）

ほど。その間にいただけるだけいただいて逃げる」

「どれだけ取ってもいいんだな」

「てめえで持ち運びできるならな」

問うた無頼に八蔵がうなずいた。

「娘師《むすめし》、大丈夫だろうな。おめえにすべてかかっているんだ」

「どんな錠前でも、おいらの手にかかれば、夜鷹《よたか》のようなもんだ。すぐに股を開いて、受け入れてくれるさ」

八蔵に確認された小柄な男が胸を張った。

蔵や金箱の錠を開ける者のことを盗賊たちは娘師と呼んでいた。これは蔵の錠を処女の貞操にかけたもので、なかなか破れない堅いものを破る鍵師への敬意でもあった。

「頼むぜ」

娘師の背中を八蔵が叩いて激励した。

「もう少し、寝静まったら一気にいくぞ」

八蔵が宣した。

集まっている盗賊、無頼たちを隣家の屋根から見下ろしている冷酷な目があった。

「……このていどか」

小さく嘲笑《ちょうしょう》を浮かべたのは、村垣伊勢であった。

「あの人斬りとかいうのを単独で送り出してきたときには怖ろしいと思ったのだがな……ただの考えなしだったか」

村垣伊勢がため息を吐《つ》いた。

人がかろうじてすれ違えるていどの狭い通路、出入りの障子戸も半間（約九十センチメートル）しかないといった長屋を戦場にするならば数は邪魔にしかならなかった。

「しかも諫山の死を確認さえしていない。人斬りを出したから死んだはずだという、己に都合のいいことを信じる。将としての器量に欠ける」

昼前からずっと八蔵たちの後を付けてきた村垣伊勢である。八蔵たちがなにを考え、なにをしようとしているかはすぐにわかった。

「そもそもがまちがっている。生きるための足掻《あが》きをさせれば、あやつに勝る者はそうそうおらぬ」

左馬介のことを思い出した村垣伊勢が頬を緩めた。

「……出るようだな」

村垣伊勢が八蔵の活動開始を気取《けど》った。

左馬介は暗くなると同時に屋根の上へとあがった。

屋根の上からならば、表も裏も見張ることができる。いかに堅城といえども、数で攻められればいつかは落ちる。籠城《ろうじょう》していては勝てないのだ。

左馬介は分銅屋の守りが破れる前に一方の敵を殲滅《せんめつ》し、もう一方の攻め手へと矛先を変えるという策を立てた。

「……来たか」

四つ（午後十時ごろ）を過ぎたころ、月に照らされた影が走り寄ってきた。

「一人、……七人か。少ないな」

左馬介が口の端を吊りあげた。

「……………」

瓦《かわら》を割らないよう、這《は》うようにして屋根を動いた左馬介は、盗賊が表門へ手出しするのを待った。

なにせまだ盗賊と決まったわけではないのだ。盗賊に襲われたからこそ、反撃が認められる。まだ確定していないうちに手を出せば、左馬介が牢《ろう》に入ることになる。

「多吉次、こいつを連れて裏から頼む」

「おおっ。一人ついてこい」

八蔵の指図に多吉次がうなずき、娘師ともう一人を連れて裏口へと回った。

「いいか、いくぜ」

残った身体の大きな盗賊が、始めていいかと八蔵に確認を取った。

「ああ。破ってくれ」

「任せろ。江戸相撲で関取だったんだ。こんな板戸なんぞ、張り手で一発よ」

自信満々に大柄な盗賊が、表戸の前で腰を落とした。

「どっせいっ」

続けて右肩で表戸をぶちやぶろうとかちあげた。

「ぐえええ」

表戸はひびが入《い》ったが、裏打ちしている鉄戸のおかげで割れず、大柄な盗賊が後ろへ吹き飛んだ。

「なんだあ」

すぐに飛びこむ構えでいた盗賊たちが驚いた。

「どうした、大丈夫か」

八蔵が大柄な盗賊に近づいた。

「肩が、肩が……」

大柄な盗賊の肩の骨が砕けていた。

「鉄だ、鉄が裏に」

筋の入ったところをこじ開けようとしていた別の盗賊が、鉄戸に気づいた。

「ちっ。裏だ、裏へ回るぞ」

表は無理だと考えた八蔵が、痛みで使いものにならなくなった大柄な盗賊を放置して、残った仲間に命じた。

「行かせぬよ」

屋根の上から左馬介が鉄扇を手にして飛び降りた。

第四章　用心棒奮闘

一

大柄な盗賊が表戸に打《ぶ》つかった響きは、裏まで届いた。

「始まったな。こっちも急ぐぜ」

多吉次が、娘師《むすめし》ともう一人を見た。

「どうする。木戸を蹴破《けやぶ》るか、それとも塀をこえるか」

「塀は駄目だ。上に破片が埋めこまれている」

勇んだ盗賊を多吉次が諌《いさ》めた。

「それくらい大事ねえよ」

若い盗賊がそう言いながら懐《ふところ》から出した手拭《てぬぐ》いを手のひらに巻きだした。

「……こうやって守ってやれば、破片ぐらい」

そう言いながら若い盗賊が、塀に手をかけて裏庭へと飛び降りた。

「……今、開ける」

素早く若い盗賊が裏木戸に近づいた。

「急いでくれ」

多吉次が若い盗賊を急《せ》かした。

「おう、今、開ける……なんだこれは」

裏木戸にとりついた若い盗賊が驚いた。

「どうした」

「閂《かんぬき》に錠がかかってやがる」

問うた多吉次に、若い盗賊が嘆息《たんそく》した。

「錠をどうにかできるか」

「娘師じゃねえから、無理だ」

「壊せねえか」

「……無理だ。この桟、鉄芯《てつしん》が入ってやがる」

「ちっ、登れるか」

多吉次が娘師に訊《き》いた。

「無茶を言うな。指先を怪我《けが》したら、娘の股を開かせることはできなくなるぞ」

「しかたない。表から……」

裏からの侵入をあきらめると言った多吉次が絶句した。

「そっちはどうだ」

表を破っているはずの八蔵たちが走ってきたのだ。

「駄目だ。そっちこそどうした」

「用心棒が生きてやがった。相撲取りと二宮《にのみや》の旦那がやられた」

「なんだとっ」

多吉次が叫んだ。

「表戸に鉄が仕込んであって、相撲取りがそれで怪我を負ったところに、上から用心棒が降ってきやがって……二宮の旦那が背中を叩《たた》き折られた」

「じょ、冗談じゃねえ。用心棒がいねえというから乗ったんだ」

娘師が顔色を変えた。

「降りるぞ」

「あっ、ここまで来て……」

逃げ出した娘師に八蔵が手を伸ばしたが、小柄な身体《からだ》を捕まえることはできなかった。

「おいらもごめんだ」

若い盗賊が塀を乗りこえて戻ってくるなり、手を振った。

「ぎゃっ」

娘師の逃げたほうから苦鳴《くめい》が響いた。

「夜中参上しておきながら、挨拶もなしに帰るつもりか」

手に鉄太刀をぶら下げた左馬介が現れた。

「えっ……」

予想と反対側から来た左馬介に、八蔵たちが固まった。

「追われる者がどっちに逃げるかくらい、わかるだろう。知らなかったか、分銅屋は隣の店も購入してな。間の塀を取り払ったことでちょっとした隙間《すきま》ができているのだ。ぐるりと角を回るよりも近いぞ」

左馬介が先回りの種明かしをした。

「なんで生きてる」

八蔵が震える声で問うた。

「勝ったからな」

「嘘《うそ》を吐《つ》くな。あいつは人斬りだぞ。両手両足の指では足りないだけの人を殺しているんだぞ」

淡々と言った左馬介に、八蔵が首を大きく左右に振った。

「だったら、吾《われ》のほうが多いな」

「そんな……」

平然と告げた左馬介に、八蔵が呆然《ぼうぜん》とした。

「人斬りを返り討ちにした……」

遣《や》り取りを聞いていた多吉次が身を縮めた。

「うわあぁ」

若い盗賊が背中を向けて逃げ出そうとした。

「逃がさぬ。二度と盗賊なんぞ働こうと思うこともできぬようにしてくれるわ」

左馬介が走った。

「ち、散れっ。固まらずに逃げろ。相手は一人だ」

八蔵も駆けだした。

「うわああ」

散れと指示されて混乱した最後の盗賊が、左馬介のほうへ向かってきた。

「見逃してくれえええ」

わめきながら盗賊が左馬介の左を通り抜けようとした。

「それはできんな」

同じように走り寄りながら、左馬介が刀を振った。

「ぐへっ」

胸骨を打たれた盗賊が、呼吸を止められて気絶した。

「少し離されたか」

わずかのことだったが、左馬介と八蔵たちの間が空いた。

「左だ」

「おう」

角で八蔵に言われた若い盗賊が左に曲がった。

「多吉次」

「ああ」

言い出しっぺの二人は一緒に右へ走った。

「まさか、人斬りがやられたとは」

「今ごろ言ってもしゃあねえわ。おいらは次の角を左に曲がる。達者で過ごせよ」

信じられないと言った多吉次に、八蔵が別れを告げた。

「ああ」

人斬りの引き抜きから、無茶な仲間集めなど、二人は無頼《ぶらい》にとってかなりまずい不義理を重ねている。とくに人斬りの名前を出して、脅したのがまずかった。

人斬りほどともなると、その姿がないことはすぐに知れる。多少は人斬りの習性でしばらくはごまかせても、そう長くは保《も》たない。

「死人を使ってだましやがったな。ただじゃおかねえ」

無頼は引いたというだけで侮《あなど》られる。

仲間を連れてくると言って断られた連中が、八蔵たちを血眼《ちまなこ》になって探す。もし見つかれば、土左衛門《どざえもん》は確定になる。

「生きろよ」

「おまえこそ」

二人が角で最後の別れを告げようとした。

「どこへ行く」

「えっ」

「なんだっ」

上から呼びかけられた二人が思わず足を止めた。

「まさか、そのまま逃げられると思っていたわけではなかろう」

「お、女か」

「どこだっ」

八蔵と多吉次が辺りを探し回った。

「他人《ひと》さまの玩具《がんぐ》に手出しをしたのだ。それなりの報《むく》いを受けることは覚悟しているだろう」

音もなく二人の間に村垣伊勢が落ちてきた。

「ひえっ」

「おうわっ」

驚愕《きょうがく》した二人が後ろへ跳んだ。

「いいのか、用心棒に近づいて」

笑いを含んだ声で村垣伊勢が言った。

「あっ、用心棒じゃねえ。女一人だ。二人でかかれば……」

人斬りを倒した用心棒より、得体は知れないが女のほうがまだどうにかなると、八蔵と多吉次が語り合って、懐から匕首《あいくち》を取り出した。

「我らのお役目になんの益もない。生かしておく意味はないな」

村垣伊勢が呟《つぶや》くと、背中に隠すように回していた忍刀《しのびがたな》を抜いた。

太刀に比べて反りもなく、長さも短い忍刀とはいえ、匕首よりは長い。

「くたばれっ」

「どけっ」

「…………」

匕首を手にした二人が、己《おのれ》の間合いに入ってくるのを村垣伊勢は待った。

「…………」

声もなく村垣伊勢が忍刀を左右に振った。

「はふっ」

八蔵と多吉次は首を裂かれ、末期《まつご》の絶叫を出すこともできず、ただ漏れるように息を吐いて即死した。

「……村垣どのか」

「ああ」

左へ逃げた若い盗賊の腰を後ろから叩いて、動けないようにした左馬介が、ようやく到着した。

「甘いの。危うく逃げられるところであったぞ」

「たしかに。追う順番をまちがえた」

村垣伊勢に言われた左馬介が素直に認めた。

「こいつらで終わりだ。どこにも繫《つな》がってはいない」

「後を付けてくれたのか」

人斬りが来るという警告を発してくれた後、村垣伊勢はいなくなっていた。もっとも、そのことに気づいたのは、人斬りを無力化してからであったが、田沼意次の命を受ける女お庭番としてかかわってはいられなかったのだろうと、左馬介は思っていた。

「分銅屋とそなたは主殿頭《とのものかみ》さまより、注視するようにと言われている。そのそなたに手出しをしてきたのだ。裏を探るのは当然であろう」

「それに……」

村垣伊勢が感情を見せずに言った。

村垣伊勢が覆面の下から左馬介を見つめた。

「あのていどの者に、そなたが負けるはずもないしの」

「………」

「ではの。後始末は任せた」

すっと村垣伊勢が闇《やみ》のなかへと溶けこんでいった。

「褒《ほ》められたのか……」

残された左馬介が、戸惑った。

二

話はすでに通してある。布屋の親分の取り仕切りで、人斬りをはじめとした連中は大番屋に運ばれていった。

「こいつらは最後の最後で仲間割れしたようで」

八蔵と多吉次の死体を見下ろしながら布屋の親分が言った。

「……このように、匕首《あいくち》に互いの血が」

転がっている匕首を拾いあげた布屋の親分が無表情に、二人の血を刃に付けた。

「では、分銅屋さんによろしくお願いしやす」

「ああ。伝えておく」

布屋の親分に頼まれた左馬介がうなずいた。

「……世のなかというのは、思ったよりも信用できぬものだな」

歩きながら左馬介は呟いた。

「なにより、それに染まっていく吾《わ》が身が怖ろしい。が、今さら足を抜くわけにもいかぬ。分銅屋どの、奉公人の皆、そして喜代どのと見捨てられぬものが増えてしまった」

左馬介が大きく息を吸った。

「……そうですか。ご苦労さまでございました」

寝ずに待っていた分銅屋仁左衛門が、報告した左馬介をねぎらった。

「とりあえず、今夜来た奴《やつ》はすべて片付いたと思う」

左馬介が一瞬苦い顔をした。

「裏はないとなれば、これでこちらは終わりでしょうな」

「であって欲しい。さすがに疲れた」

分銅屋仁左衛門の言葉に、左馬介がため息を吐《つ》いた。

「お疲れでございましょう。喜代に申してあります。湯をお使いくださって、そのままお休みを」

盗賊騒ぎがあったのだ。分銅屋の周囲は布屋の配下で溢《あふ》れている。いかに豪胆な盗賊といえども、分銅屋やその近辺を襲うことはない。

「そうさせてもらおう」

左馬介は分銅屋仁左衛門の気遣いに甘えることにした。

盗賊騒ぎ、それも浅草を代表する豪商分銅屋が襲われたと世間に知れた。

「聞いたか」

「もちろんよ。浅草で分銅屋が盗賊に襲われたっていうんだろ」

「そいつよ、そいつ。何十人もの盗賊が襲い来たらしいけど、それを用心棒一人が防いだというじゃねえか」

「宮本武蔵《みやもとむさし》の生まれ変わりだな、そいつは」

「どうでい、いっちょその用心棒の顔を拝みに行かねえか」

「そいつはいいや。ちょうど場所も浅草だしな。噂《うわさ》の達人の顔を拝んでから、吉原に行けば、きっと妓《おんな》が話をねだるぞ」

「もてるな」

「おうよ」

盗賊騒ぎはそうそう珍しいことではないが、それを用心棒が叩きのめしたとなると、前代未聞に近い。

そもそも用心棒がいるとわかっている店を襲う馬鹿はいない。

たとえ、盗賊のほうが多かったとしても、用心棒の抵抗次第では被害は出る。それこそ、腕の立つ浪人などがいれば、斬られる者も出る。

盗賊だからといって命がけとはかぎらなかった。いや、盗賊は臆病《おくびょう》なものでなければならなかった。捕まれば死罪、遠島《えんとう》もある。見つかりたくないからこそ、夜中に忍びこんでくる。そんな連中が、用心棒がいるような守りの堅い店を襲うことはない。

危険を冒したところで、金は重いのだ。何千両、何万両と持ち出すことは難しい。

また、大金というのは隠すのが難しい。

「千両ある。高飛びだ」

享保《きょうほう》小判一枚は四匁《もんめ》七分《ぶ》六厘《りん》（約十八グラム）、千両になると箱などの重さを入れなくても四貫五百（約十七キログラム）にもなる。とても旅に抱えていけるものではないし、いつ襲われるかと不安で道中はもちろん、夜中も眠れない。まさか、盗賊が為替《かわせ》を使うわけにもいかないため、かなりの負担になった。

賢い盗賊ほど一回は百両ぐらいで抑えておく。百両あれば、かなり贅沢《ぜいたく》をしても二、三年は遊んで暮らせる。そしてあと半年くらいだなというところで、あらたな獲物を探し出す。一度に派手な盗みをするような奴は、町奉行所にも目を付けられる。長く盗賊としてやっていくならば、度胸よりもこまめさが重要であった。

それだけに盗賊騒ぎがあってもその付近では話題にはなるが、江戸中が興奮するような状況にはならなかった。

しかし、今回のは違う。盗賊も多い、そして狙われたのが十万両という財を誇る分銅屋、そこに強い用心棒と、世間の興味を引く条件が揃《そろ》っていた。

「たいへんな騒ぎですねえ」

さすがに直接店に来たり、覗《のぞ》きこんだりする者はまずいないが、遠目に見てくる者は数え切れないくらいいる。

すでに騒ぎから三日、分銅屋仁左衛門も慣れてきていた。

「……これでは」

「無理でしょうな。当分長屋には帰られませんねえ」

肩を落としている左馬介に、分銅屋仁左衛門が苦笑を浮かべた。

というのも、騒動の起こった翌日、分銅屋で目覚めた左馬介は、長屋を放ったらかしにしてきているからと店を出た。

「おっ。あれじゃねえか」

「浪人さんらしいから、そうだな」

「旦那、旦那。分銅屋さんの用心棒さんでござんすか」

「お話を聞かせてくだせえ」

途端に左馬介は野次馬に取り囲まれてしまった。

「な、なんだ」

「なかなか渋い男じゃないか」

「さすがは、その辺の浪人と違って、身ぎれいにされてるねえ」

なんのことかわからない左馬介に男だけでなく、女も近づいてきた。

「お話を、お話を」

左馬介は身動きが取れなくなった。

「勘弁してくれ」

盗賊ではない。乱暴にできないだけに、左馬介は困惑した。

「やはりそうなりましたか」

分銅屋仁左衛門はそうなるだろうと予想していた。

「はい、はい。諫山さまはお疲れです。盗賊を退治されたばかりですからな。お疲れのお方にご負担をおかけしようと」

「話を聞くくらいいいだろう」

　割って入った分銅屋仁左衛門に、苦情をつける者がいた。

「なるほど。では、今からあなたのお仕事場に人をやりますので、三日ほどお話を聞かせていただきましょうか」

「うっ……」

　仕事の邪魔をすると言われた職人風の男が詰まった。

「詳細は近いうちに読売《よみうり》屋が瓦版《かわらばん》を出しましょう。それまでお待ちください」

「話はちゃんと……」

　左馬介の話がもとになるのだろうなと、確認してきた男がいた。

「はい。わたくしの知っている読売屋を呼びますから、しっかりとしたお話を書かせます。もちろん、その読売は無料でお配りしますよ。ただし、百枚だけですけど」

「ただとはありがたい」

　そう言って、ようやく分銅屋仁左衛門は野次馬から、左馬介を救い出した。

　だが、百枚くらいの瓦版で足りるはずもない。結局、その場しのぎでしかなかった。

「いつになったら、帰れるのだろう」

左馬介は嘆息した。

「壊された障子戸は新しいのに替えるよう棟梁《とうりよう》にお願いしてます。ああ、土足であがられた床も磨きを入れてもらってます。それらが終わるまで、どちらにせよ長屋では過ごせませんよ」

「修繕をしていただいたのは、ありがたいが……湯屋《ゆや》もまともに行けぬ」

店で分銅屋仁左衛門が使う浴室を使わせてもらっているが、どうしても気兼ねであるし、左馬介が入るとなると喜代が浴室の番をしてくれる。諸肌《もろはだ》脱ぎくらいは平気だが、風呂《ふろ》となると褌《ふんどし》も外す。すでに褌まで洗ってもらってはいるが、そのあたりはまだ受け入れられていない。

しかも、その遣《や》り取りを当の喜代が横で聞いている。

「…………」

じっと泣きそうな目で喜代は左馬介を見つめる。

「危ないまねをなさるのが、用心棒だとはわかっておりまする」

当日疲れ果てて眠った左馬介が、目覚めた枕元《まくらもと》で喜代が泣いていた。

「すまん」

「店の皆を守るためだとわかってもおりまする」

「悪かったですが、あれが一番いい方法だと思いましたので」

喜代に言われて、左馬介も分銅屋仁左衛門も小さくなった。

「勝てませんねえ」

「端《はな》から戦いなんぞ挑まぬ」

分銅屋仁左衛門も左馬介も独り身である。

「さっさともらってしまいなさいな」

「そういう分銅屋どのこそ、なぜ嫁を迎えられぬ」

なだめすかして喜代を女中の仕事に戻したところで、二人が突っこんだ話し合いを始めた。

「いやねえ、話はいくつも来るんですが……」

たしかに婚姻をなすには遅いとはいえ、分銅屋仁左衛門もまだ老いるという歳《とし》ではない。江戸でも指折りの商家の主《あるじ》ともなれば、いくらでも縁談はある。

「店のことをお話ししたことはございましたな」

「分銅屋どののご父君が店を傾けてどうのこうのということならば、伺った」

確かめた分銅屋仁左衛門に、左馬介が覚えているとうなずいた。

「店が左前になり、親戚どもが口出しをしてくる前に、じつは婚姻を約した女がおり

「どこの店かは勘弁していただきますが、江戸でもそこそこ名を知られた老舗《しにせ》の娘でしてね。二年ほどときどき会ってお茶をしたり、寺社へ参ったり、花見をしたりと普通のつきあいをしておりました。そこへ父親の失敗が表沙汰《おもてざた》になり、あやうくわたしは分銅屋から放り出されそうになりました。とたんに相手の店から縁切り、出入り禁止を言い渡されましてな」

分銅屋仁左衛門が苦笑しながら、話を続けた。

「それは……」

「まあ、それはいたしかたないことでございますよ。もし、あのまま娘を嫁に出していれば、こちらの事情に巻きこまれたでしょうからね。それだけだったら、どこにでもある話で終わったんですが……」

一層、分銅屋仁左衛門が苦笑いを深くした。

「お家騒動を無事に押さえこみ、必死に働いて父の失敗の穴埋めをし、なんとか分銅屋がかつての隆盛とは言いませんが、そこそこやっていけるようになってきたころ、相手の親御さんが、店にお見えになり、もう一度縁を結び直してくれないかと」

「ずいぶんと都合のいい話だな」

「世間というのはそういうものでしょう。諌山さんもよくご存じのはずだ」

「ああ」

言われた左馬介が同意した。

「で、その場で親御さんは、それはもうぐだぐだと前の破談と出入り禁止の言いわけをなさいましてねえ。こっちが聞いてようが、聞いてなかろうが延々と話をされる。当然、こっちは飽きてくる。でまあ、三年振りに娘の顔を見てみたわけです」

そこで分銅屋仁左衛門が一度言葉を切った。

「驚きましたよ。娘の顔は、別れる前のつきあいがあったころとまったく同じ笑顔だったのでございますよ。楽しく将来の話をしていたときと寸分違《たが》わないほほえみをずっと湛《たた》えていた。つまり、娘にとってわたしなんぞどうでもよかったわけです。せめて申しわけなさそうに目を伏せるとかしてくれれば、わたしはあの娘を嫁にしていたかも知れません。ですが、真横で親が平身低頭している隣で、同調するわけでもなく笑顔の女」

「怖ろしいな」

「でございましょう。内心震えあがっていると悟られないようにしながら、その日は帰ってもらって、少しばかり相手の店を調べてみましたら……」

「左前だったと」

「ええ。それも前回の婚約の前から商売は振るわなくなっていた」

左馬介の答えに、分銅屋仁左衛門がうなずいた。

「どうやら、そのことはそこそこ知られていたようで、破談した後も相手の店にとって利になるようなところとの婚姻はできなかった。で、いよいよ店が危なくなったところに、わたしが店を立て直したと耳にしてという……」

分銅屋仁左衛門が盛大にため息を吐《つ》いた。

「藁《わら》扱いだったわけです」

溺れる者は藁をも摑《つか》むというたとえで分銅屋仁左衛門が話を終えた。

「それ以来、女が信用できなくなりました。ああ、喜代やうちの奉公人は信用してますよ。でなければ雇いませんし、諫山さまにもお勧めしません」

「なっ」

笑いながら言った分銅屋仁左衛門に、左馬介が照れた。

「ようは、金のある家の娘、借財のある家の娘、家柄のいい娘というのが、駄目になったということで」

分銅屋仁左衛門が述べた。

「ならば……」

「どうしてるかでございますか。女なしで」

訊きにくそうな左馬介に、分銅屋仁左衛門が応じた。

「吉原で足りますよ。吉原の女は互いに納得ずくの関係。なにせ、わたしは吉原の遊女の何十人かいる男の一人でしかありません。後々に響くようなまねはしませんし、見世がさせません。下手《へた》にわたしに絡《から》んで、怒らせたら大損になりますからね」

「たしかに」

見世にとって、天下に名だたる太夫《たゆう》でもなければ、分銅屋仁左衛門ほどの上客をとる。分銅屋仁左衛門が直接吉原に落とす金も馬鹿にできないが、接待だとか同業者との会合だとかで、吉原を使ってもらうことが大きい。

「いやあ、いい見世を紹介していただきました」

分銅屋仁左衛門が連れてくるほどの客である。それこそ誰でも知っているような大《おお》店《だな》の旦那だとか、勘定方の役人だとかになる。それらが見世を気に入って贔屓《ひいき》にしてくれれば、そこからさらに人の輪は広がっていく。

「いやあ、あそこはいけませんでした」

別の見世か吉原以外で客を接待した分銅屋仁左衛門が不満を漏らせば、たちまちそれは悪評となって拡《ひろ》がり、常連だった客も遠のく。

「もちろん、吉原の遊女でもいい女はいくらでもいますよ。見目だけでいえば、そのへんの乳母日傘《おんばひがさ》の娘なんぞ、足元にも及びません。また、頭もいい。客の話に付いていかなければならないから、よく勉強もしている。ただ大店の女房は務まらない。大店の女房というのは、ただ台所を仕切っていればすむというものじゃ、ございません」

分銅屋仁左衛門が真剣な表情を見せた。

「主に万一があったとき、留守をしているとき、店をしっかりと抑えてもらわなければなりません。不意にわたしが死んでも、店は一切揺らがせない。それだけの肚《はら》がいる。そして、子供ができたときは、そのしつけをしてもらわなければなりません。もちろん、わたしも商売のことなんぞを教えますけどね、分銅屋という看板を背負うだけの気性を育ててもらわないと困ります。嫁に来てから教えればいいと思われるやも知れませんが、それでも土壌は要《い》ります。畑ができていなければ、作物は育ちません」

「厳しいな」

「勝手なことを言っているとわかっておりますが、分銅屋の暖簾《のれん》はそれだけ重い。店が左前になれば、最初に奉公人が辞めさせられる。男の奉公人は十分な修業を積ませ、いずれ望めばですが、独立させてやる。女の奉公人は、分銅屋の娘分として立派な仕度をさせて嫁がせる。それが奉公人を預かるということ。それを続けていく責任が、分銅屋の暖簾にはございます。もちろん、おつきあいをくださっているお客さまへの責任も」

「金があるというのは大変だな」

分銅屋仁左衛門の話を聞いた左馬介がとんでもないことだと首を左右に振った。

「しかし、分銅屋どの。そんな覚悟を持った女が、乳母日傘の娘のなかにいるか」

「わたしが独り身の理由がおわかりいただけましたでしょう」

左馬介の感想に、商家の主の顔に戻った分銅屋仁左衛門が大きく息を吐いた。

三

会津藩松平家の家老井深深右衛門は、用人山下《やました》から分銅屋が襲われたという噂を聞いた。

「分銅屋は無事だったのだな」

「だと聞いておりまする」

念を押した井深深右衛門に、山下が首肯《しゅこう》した。

「それはなによりであった」

「なぜでございます。大きな声で申すことではございませぬが、分銅屋が潰《つぶ》れてくれたほうが、当家といたしましては……」

三千両の借財をなしにできるのではないかと、山下が暗に言った。

「たかが三千両で分銅屋とのつきあいを切るなど、論外じゃ。なんとしてでももっと金を引き出さねばならぬのだぞ」

「ですが、分銅屋仁左衛門は三千両を返さぬ限り、次の話はないと」

「それは三千両を返せば、新たな借財に応じるという意味でもあろう」

首をかしげた山下に、井深深右衛門が述べた。

「そうなりましょうか」

山下は分銅屋仁左衛門がそれほど甘いとは思えなかった。

「容易ではあるまい。しかし、金を返すときには会える。会えば話ができる。それに分銅屋の考えは今回のことでわかった」

井深深右衛門が拳《こぶし》を握りしめた。

「分銅屋は商人なのだ」

「はあ」

今さらなにをと山下が曖昧《あいまい》な反応を見せた。

「わからぬか。武士は名分を表に出しながら、情に訴える。藩のために、殿のために、領民のためにとな。それで普通の商人ならばほだされる。それでも言うことを聞かねば、力に訴える。さすがに刀は抜かぬが、店を潰すとか、御用達《ごようたし》の名前をとりあげる、領内での商いを禁じるなどと脅す。とってつけたような理由で店を改易にもする。ほとんどの商人は、この辺りで折れる。潰されるよりは、金を出したほうがましだと。また、己への言いわけもできる。金を差し出したわけではない、借財だ。いつか返ってくると」

「はあ……」

あまりな物言いに山下が唖然《あぜん》とした。

「だが、分銅屋には、このどれもが通じぬ。江戸の商人だからの、国元がどうなっているかなど気にもせぬゆえ、情が通じぬ。次に会津藩の力はあやつに届かぬ。なにせ田沼主殿頭さまのお出入りじゃ。うかつなことをすればこちらが痛手をこうむる。だからこそ、あやつは強気なのだ。あやつには会津に金を貸すだけの利がない」

「はあ。それでどうなさいますので」

現状の再認識をした井深深右衛門に、山下が戸惑った。

「利を提示する」

「ご家老さま。今までにも分銅屋に利は示しております。もと当家の臣でありました浪人の諫山を再仕官させるとも、分銅屋を士分に取り立てるとも申しましたが、どちらも拒まれましてございまする」

山下がすでに試していると告げた。

「そのていどだからだ。藩士にしてしまえば、こちらの都合でどうにでもできる。諫山某を国元へ戻し、そのまま飼い殺しにしてもいいし、分銅屋に会津へ出店を出せと強要することもできよう。それを分銅屋は見抜いている。だから、ならぬのだ」

「ですが、そうなると当家が分銅屋に出せる利はございませぬ。藩の両替を分銅屋に預けても、年間の手数料は数十両にしかなりませぬ。それでは二万両の利にも及びませぬ」

力なく山下が首を横に振った。

「利はある」

井深深右衛門が強く言った。

「………」

「わからぬか。銅山じゃ」

反応しない山下に井深深右衛門が告げた。

「なっ、なにを仰せになりまするか」

山下が驚愕した。

「銅山は、御上《おかみ》にも内密にいたしておりまする」

「だからこそ、誰に開発を任せるかは決まっていない。それを分銅屋に持ちかける」

「分銅屋が御上に訴えるやも知れませせぬ」

「それをするとは思えぬ。銅山を開発する。うまくいけば数十万両の儲《もう》けになる。それだけの利を御上が怖いと捨てられるならば、分銅屋は無敵ではない。脅しようが出てくる」

山下の危惧《きぐ》を井深深右衛門は問題ではないとした。

「なにより、国元の報告によりまするとと銅山はさほどのものではなく、微量で終わりそうだと」

「それがどうした」

分銅屋仁左衛門をだますことになるがと気にした山下に、井深深右衛門は平然と返した。

「会津には金がない。本格的に鉱山開発をするだけの金が。今やっていることは見えているところを細々と掘っているだけ。それでたいしたことはないとなげいているだけじゃ。金をつぎこんで、人足を多く雇い、手慣れた山師《やまし》を連れてくれば、ひょっとすると大きく化けるかも知れぬ」

「…………」

「出るか出ないかはやってみないとわからないのが鉱山だ」

黙った山下に井深深右衛門が淡々と口にした。

「たしかに分銅屋にとって鉱山は博打《ばくち》だろう。だが、会津にとっても博打なのだ。鉱山の話に分銅屋が乗ってくれれば、借財ができる。そして、もし、鉱山がうまくいけば、今後会津は金に困ることはなくなる」

「あまりに無茶な」

井深深右衛門の考えに山下が慄《おのの》いた。

「もし、鉱山の話を聞いて分銅屋が引き受けなかったときは……」

共犯にならないときはどうすると山下が問うた。

「そのときは……」

井深右衛門はどうすると言わなかった。

「まずは、分銅屋を呼び出せ」

「お考え直しを」

山下が井深右衛門をなだめようとした。

「失敗したときは、余が腹を切る」

「切腹なさると……」

武士が切腹を口にする。それはなによりも重い言葉であった。

「分銅屋をできるだけ早く呼び出せ」

もう一度井深右衛門が命じた。

「……はい」

もう井深右衛門は止められないと山下が理解した。

「ああ、ここ上屋敷ではないぞ。下屋敷へ、三田《みた》の下屋敷へだ。目立つわけにはいかぬのだ」

「下屋敷……」

公邸でもある上屋敷と違い、下屋敷は藩主の休息の場や、江戸詰め家臣たちの住居として使われており、江戸の外れにあることが多かった。

「まったく、高橋が下手を打たねば、もう少し早くにどうにかなったものを……お手伝い普請《ぶしん》のことといい、なぜ儂《わし》が家老のときに面倒が続いて起こるのだ」

井深深右衛門が愚痴を漏らした。

三千両は大金だが、老中や側用人、お側御用取次《そばごようとりつぎ》などの有力者、現場を統括する普請奉行に分ければ、一人あたりはさほどの金額ではなくなる。

勘定奉行がそのなかに含まれていないのは、幕府の金を扱う顕職《けんしょく》だけに賄《まいない》の噂が出るだけで罷免《ひめん》されかねないからであり、決して受け取ることはないからだ。それどころか、そういう行為があったと目付に報告することで身の潔白を証明しかねなかった。

「言わずともわかろう。形を整えよ」

目付も将軍一門をいきなり潰すようなまねはしないというか、避けたがる。徳川の一門というのは、どこでどう権門に繋がっているかわからない。下手に突いて手痛いしっぺ返しをくらうことになってはたまらない。そこで遠回しに話を持っていき、当事者あるいは世間が納得する役職、家柄にある者を生《い》け贄《にえ》にしろと伝える。

「……すべて私が一人でおこなったものでございまする」

藩には関係ないとの遺書を残し、家老か用人が切腹する。

勘定奉行への賄賂《わいろ》は、諸刃《もろは》の剣ではなく、刃を手で握っているようなものであった。

「寛永寺の山門の普請でござるが、三代将軍家光さま以来、何人もの公方《くぼう》さまがお祀《まつ》りされておる。それに鑑《かんが》みても寛永寺の顔ともいうべき山門を普請するには、縁の強い者こそふさわしいのではないか」

御用部屋でお手伝い普請の選定が進んでいた。

「どこを考えておられるのかの。さすがに御三家方とは参りませぬぞ」

別の老中が問うた。

「当初名前の出た会津がよろしいかと存ずる」

問われた老中が答えた。

「お待ちあれ、隠岐守《おきのかみ》どの」

老中松平右近将監武元《うこんのじょうたけちか》が西尾《にしお》隠岐守忠尚《ただなお》を制した。

「会津は溜《たまり》の間《ま》詰めである。将軍家諮問《しもん》の間とも言われる溜の間に属する大名は、お手伝い普請をしないのが決まり」

「あくまで慣例であり、法度《はっと》として定められたものではござらぬ」

西尾隠岐守が松平右近将監に反論した。

「たしかに明文となってはおらずとも、慣例として続けてきたものをいきなり変えるというのは、もめ事のもととなりましょう」

松平右近将監が言い返した。

「落ち着かれよ、ご両所」

声が大きくなり始めた西尾隠岐守と松平右近将監の争いに、老中首座堀田相模守正《ほったさがみのかみまさ》
亮《すけ》が割って入った。

「ご無礼を仕《つかまつ》った」

「恥じまする」

ここで仲裁に入った堀田相模守に嚙《か》みついたり、まだ持論を続けるようでは老中と
して不適格と判断されかねない。

西尾隠岐守と松平右近将監が、堀田相模守に一礼した。

「まずは話をいたしましょうぞ」

堀田相模守がもう一度冷静にと二人に注意をした。

「まず、隠岐守どのよ、なぜ慣例を破ってまで会津にお手伝い普請を命じるべきなの
かをお聞かせいただこう」

「なれば……」

堀田相模守に促された西尾隠岐守が口を開いた。

「同じ臣下でありながら、溜の間詰めだけがお手伝いを免除されているのは、おかしいのではないかという異論が大名どもから出ておりまする」

「ふむ」

「功績が違う。代々溜の間を与えられる井伊《いい》、酒井《さかい》などは、神君《しんくん》家康公を支えて、天下取りに功績大である。その辺の大名とは違う」

考える風の堀田相模守と、憤慨まではいかないが荒い口調の松平右近将監とで差のある反応をした。

「井伊や酒井、本多《ほんだ》、榊原《さかきばら》などはよろしかろう。では、同じ溜の間詰めの会津と津山《つやま》の功績はいかがでござる」

西尾隠岐守が松平右近将監に問い返した。

「会津は初代の保科肥後守《ひごのかみ》さまが、三代さま、四代さまをお支えして……」

「保科肥後守さまは、松平の称号も溜の間詰めの格もお断りになられたはず。松平の名跡《みょうせき》、溜の間詰めの格も会津藩三代目松平肥後守どの以降でござったはず。さて、松平肥後守どのの功績について、わたくしは存じませぬ。右近将監どの、教えていただけますかの」

西尾隠岐守がわざとらしく訊いた。

「…………」

松平右近将監が黙った。

三代目松平肥後守正容《まさかた》は、二代目保科肥後守正経《まさつね》の弟になる。兄に男子がなかったことで会津藩の家督を継いだ。父や兄と同じく、名君ではあったが、五代将軍綱吉《つなよし》から召し出されることはなく、藩政に邁進《まいしん》した。

「いかがかの」

「そ、それだけ初代保科肥後守さまの功績は大きかったのだ」

「ご本人どころか、その跡を継いだ方が受け取らなかった褒賞を……」

強弁した松平右近将監に、西尾隠岐守が皮肉げな顔をした。

「……ご一門だからであろう」

なにが問題なのかと松平右近将監が首をかしげた。

「ご一門だというならば、なぜ大廊下《おおろうか》へと席を移されないのでござる」

西尾隠岐守が訊いた。

大廊下というのは、御三家、加賀《かが》の前田《まえだ》家、越前《えちぜん》の松平家、津山の松平家など将軍ゆかりの大名たちが詰める殿中席であった。

御三家の尾張、紀伊、水戸の三家が大廊下の上段の間に、それ以外は下段の間と明確な区別があった。

ただ、もっとも将軍家へ近い御三卿《ごさんきょう》に殿中席はなかった。これは将軍家の身内、九代将軍家重の兄弟であるため、独立した大名として扱われていないからであった。

「加賀の前田家が下段の間とはいえ、大廊下へ席を与えられているのは、二代将軍秀《ひで》忠《ただ》さまの姫君が輿入《こしい》れなされてお産みになった男子が、加賀藩の三代当主となったからでござる。つまりは神君家康さまの曾孫《ひまご》、そして保科肥後守さまは秀忠さまの四男で家康さまの孫。どちらがお血筋に近いか、申すまでもございますまい。それなのに大廊下に席を与えられていない。これは、ご一門ではなく、臣下として扱うという代々将軍家のお考えではございませぬか」

「むっ」

松平右近将監が詰まった。

「そこも問題ではございますが、右近将監どの、貴殿は大廊下詰めの前田家がお手伝い普請をいたしておることをご存じか」

「……あっ」

言われた松平右近将監が声をあげた。

「ご存じのようでござるな。御上にとってもっとも格上となる大廊下、そこに席を許されている前田家、秀忠さま以来のお血筋でさえお手伝い普請をいたしておられる」

「ま、前田は外様《とざま》である」

「外様が、大廊下に」

言った松平右近将監に西尾隠岐守が驚いたという表情を見せた。

「……………」

「なるほど。加賀が苦情を申し立てたか」

西尾隠岐守の言動から堀田相模守が裏を読んだ。

「よほど明暦《めいれき》の大火が応《こた》えたようだ」

堀田相模守がため息を吐《つ》いた。

四代将軍家綱《いえつな》の御世《みよ》、明暦三年（一六五七）一月十八日、江戸本郷丸山《ほんごうまるやま》の本妙寺《ほんみようじ》から始まった火事は強い風に煽《あお》られ、長く雨が降らず乾ききった城下へとたちまち広がった。二十日までの三日間にわたった大火は、江戸城にも飛び火、三代将軍家光が建てた天守閣を含むほとんどの建物を焼亡させた。

城下ももちろんすさまじい被害を受け、大名屋敷五百余り、町屋四百町、死者十万七千四十六人を数えた。

当然、火災の復興はおこなわれる。江戸城はほとんど再建に近い。その普請のなかで前田家は、天守台の石垣をあらたに作り直すように命じられた。

東西二十三間（約四十一メートル）、南北二十五間（約四十五メートル）、高さ六間余（約十一メートル）という天下一の天守閣を支えるにふさわしい石垣も崩れ、石は焼けてもろくなっている。

それを新築するように加賀藩前田家は幕府から命じられた。

「なにとぞ、なにとぞ」

だが工事を始めてみると加賀藩前田家が音をあげた。

費用が予想をはるかにこえたのだ。

江戸中が焼けるような火事である。大工や左官はもちろん、人足や石工も足りない。どうしてもとなると割り増しの賃金を払わなければならない。また、江戸城の顔とも言うべき天守閣の石垣である。その辺から適当に持ってきた石を使うというわけにはいかなかった。

さらに前田家は出火もとに近かったことも災いし、上屋敷を全焼している。その再建費用も要る。いかに百万石といえども、そのすべてを賄《まかな》うことはできなかった。

「天守閣は御上の象徴である。普請は中止できぬ」

「なればせめて大きさを……」

すがるような前田家の願いに、幕府が応じた。

「一間（約一・八メートル）ずつならばよろしかろう」

縮小することを幕府が認めた。

百万石の前田家でさえ、お手伝い普請は厳しいのだ。数万石ていどの大名にとっては、大きな痛手になった。

当然、同じ大名でありながら、お手伝い普請を免除されている溜の間詰めの大名への嫉妬《しっと》が生まれる。

どれほど溜の間詰めが名門であろうとも、合わせて五家ほどなのだ。二百をこえる大名たちの数には勝てない。

「たしかに……」

松平右近将監が受け入れた。

「寛永寺山門の新築となれば、いくらくらいかかる」

「普請奉行を呼びましょうや」

正式な金額となれば、普請奉行が詳しい。問われた御用部屋に待機している奥右筆《おくゆうひつ》が提案した。

「いや、勘定奉行がよい。勘定奉行のほうが金勘定に慣れておろう」

「では、すぐに」

首を横に振った堀田相模守の指図を受けて、奥右筆が出ていった。

その後に勘定奉行から概算が出され、その金額の多さから十万石ていどの大名には無理だと考えた御用部屋の意見は一致した。

「会津に打診してみよう」

堀田相模守が告げた。

普段のお手伝い普請は、できるかという問い合わせではなく、させるという命令で決まる。それを問い合わせるだけ、幕閣は会津藩への気遣いをした。

四

その打診から数日後、老中たちのもとへ会津藩が金を持って挨拶《あいさつ》に来た。それ以上なにも言わなくても、なんのための金かはわかる。

「先日のことでござるが……」

不意に松平右近将監が、御用部屋で発言をした。

「会津のことでござるな」

すぐに堀田相模守が応じた。

「相模守さまのところにも」

「参ったわ。ご一同はいかがかの」

首肯した松平右近将監を見てから、堀田相模守が他の老中にも問うた。

「たしかに」

西尾隠岐守らが認めた。

「三百金でござったが……」

「はい」

金額も合わせていた。

「我ら御用部屋一同に三百ずつか。当然他の側用人らにも……」

「普請奉行にも同じかと」

確認するような堀田相模守に、西尾隠岐守が首を縦に振った。

「合わせれば二千両にはなるの」

「なりましょう」

堀田相模守の推測に西尾隠岐守がうなずいた。

「予定されているお手伝い普請の総費用の十分の一か」

寛永寺の山門を新しくするというのは、それだけ金がかかる。寛永寺は徳川家康、秀忠、家光の三代にわたって帰依《きえ》を受けた名僧天海大僧正《てんかいだいそうじょう》の建立《こんりゅう》による。

三人のなかでももっとも天海大僧正を崇敬《すうけい》した三代将軍家光によって、徳川家の祈願寺として建立された寛永寺は、その家光の位牌《いはい》を預かったことで菩提寺《ぼだいじ》格になった。

その後、四代将軍家綱が葬られたことで、正式に菩提寺へと昇格した。寺号に寛永と元号をいただいているように、寛永寺の寺格は高い。

また徳川家の総力をもって建立をしただけに、いまだに完成はしておらず、僧堂伽《が》藍《らん》などは毎年のように増え続けていた。

もちろん、山門は早くに建立されていたが、なぜか簡素な黒塗りの冠木門《かぶきもん》でしかなかった。

「徳川家の祈願寺として、あまりに質素である。天下の将軍家の威光に合わせて、造り直すべし」

それを徳川綱吉が将軍となったことを契機に山門を建て直すと言いだした。

「総檜《そうひのき》造りで三重、日光東照宮《にっこうとうしょうぐう》に負けぬ意匠を凝らせ」

綱吉の命を受けた勘定方は内心悲鳴をあげていた。

「明暦の火事で幕府の蔵は底をついてございまする」

直接綱吉に文句は言えなかった。そんなまねをすれば、役職罷免だけではすまず、下手をすれば改易される。

「わかっておる」

老中たちもそのあたりはわかっている。諸大名にお手伝い普請として押しつけるにしても、それを受けるだけの大名家はない。どこも金がないのだ。

「いまだ寛永寺は途上でございまする。すべての伽藍、堂宇が完成して後、山門をもって落成といたし、山門の額に上様のご揮毫《きごう》をおいれいただけば、これに勝ることはないかと存じあげまする」

「躬《み》の筆で落成といたすか。それはよいの」

幸い綱吉がこれを受け入れたおかげで、山門建築はずれこみ、そのうちに寛永寺より も、母桂昌院《けいしょういん》が帰依した隆光《りゅうこう》僧正の願いである寺院建立に気を移し、寛永寺の山門は忘れられた。

「贅沢に過ぎる」

その後寛永寺は八代将軍吉宗によってその豪奢《ごうしゃ》振りを咎《とが》められ、いくつかの寺門を閉鎖されたり、将軍家の法要の簡素化、諸大名からの献金の減額などの冷遇を受けた。

「大御所さまが亡くなられた」

吉宗が死に、その墓所は寛永寺と定められた。

「この機に」

隆盛を抑えた相手がいなくなった。さらにその霊廟《れいびょう》はこちらにある。陰った威光を取り戻すのは今だと寛永寺が盛んに願いを幕府にあげた。

「家綱さま、綱吉さま、吉宗さま、お三方さまの御霊《みたま》を預かる当寺の山門がいささかふさわしくないかと考えまする。かつて五代綱吉さまのころに、山門建立のご諚《じょう》がございました。このたび吉宗さまの御廟を承《うけたまわ》るにつきまして、是非とも山門をお願いいたしたく」

先祖のためと言われれば、忠孝を政《まつりごと》の柱にしている幕府は弱い。

九代将軍家重は、御用部屋へ可否の議を命じた。

「まずは費用じゃ」

将軍の指図とあれば、いくらかかるか、その金を幕府は出せるのか、勘定奉行、普請奉行がかつての図面を持ち出し、概算を出した。

「およそ六万両はかかりましょうか」

「そんなにか」

勘定奉行の報告に老中たちが驚愕した。

「これでも装飾などはかなり削りましてございまする。五代さまのころのままでございますと、十万両はかかりまする」

我らのせいではないと勘定奉行が反論した。

「それだけの金はでるか」

「建立には三年はかかりましょう。三年なれば年に三万両、出せない額ではございませぬが……」

「なんだ」

ものを含んだような言いかたをした勘定奉行に、堀田相模守が問うた。

「一切の予備金がなくなりまする。火事や大風などがございましても、お救《すく》い米《まい》を放出するくらいしかできませぬ」

勘定奉行が首を横に振った。

お救い米は、城下に災害が起こり、民たちがその日の生活にも困窮したときに、食だけでも施し、復興するまで命を紡がせるためのものである。

明暦の火事などでも放出された歴史があり、お救い米が出されるときは、同時にわずかながら見舞金を支給されてきた。こうして、少しでも江戸の城下をかつての姿に戻すのも幕府の面目であった。

「お手伝い普請しかないの」

幕府に金がないなら、大名に押しつけるしかない。

「大名どもも厳しゅうございまするぞ」

老中といえども、役目を外れれば五万石に届くか届かないかの大名でしかない。藩の財政がどうなっているかくらいは把握している。

「お手伝い普請をしておらぬ大名にさせればよいのでは」

こうして溜の間の大名が標的になった。

「ならば領内で一揆《いっき》を起こした会津はいかがかの」

「お咎め代わりか」

「うむ。一村や二村が筵旗《むしろばた》を揚げたくらいならば、目くじらを立てるほどではないが、さすがに領内のほとんどが、それも百姓だけでなく、城下の商人たちまで逆らったというではないか。いかに三代将軍家光さまの弟君を祖とするご一門でも、見過ごすわけにはいかぬ」

「かといって、ご一門を大々的に咎め立てては、お血筋が軽く見られる。お手伝い普請がちょうどよかろう」

断りにくい事情があると会津藩松平家に決定した。

それを会津藩松平家は拒んできた。

「いかがいたすべきかの」

老中首座堀田相模守が困惑した。

「返してもよろしゅうございますぞ」

西尾隠岐守がそう言った。

「さよう。やぶさかではござらぬ」

松平右近将監も同意した。

「そうよなあ」

堀田相模守が難しい顔をした。

老中は金がかかる。たしかにいろいろなところから付け届けをもらえるので、余得はあるが、それ以上に出ていくほうが多かった。

「なになの手配をいたせ」

「あれについてはどうなっている」

老中といえども一人でできることには限界がある。さらに上役が帰らないと下僚が下城しにくいという理由で執務の時間は短い。昼の八つ（午後二時ごろ）には、城内巡回と月番老中以外は職務を終えて帰邸しなければならない。当然、そんな短い時間で天下の政ができるわけもなく、屋敷に帰ってからも仕事をすることになる。

いや、屋敷にいる間が政の本番であった。

もちろん、老中だけでは足りない。そこで勘定方や普請方、町奉行所の与力など現状をよく知る者がいる。

「某《なにがし》を呼べ」

「これについて説明せよ」

老中の要請を断る役人はいない。それこそ夜遅くまでもつきあってくれる。役目だからといえば、それまでだが、なにも礼をしないというのはよろしくなかった。

「些少《さしよう》であるが」

「家の者たちで楽しむがよい」

直接金を渡したり、珍しいものを渡して、下僚たちをねぎらう。

「畏《おそ》れ多いことでございまする」

「お気遣いに深く感謝いたしまする」

もらったり、気を遣ってもらうと、やはりうれしい。下僚の動きが確実に変わる。

また、執務が遅くまで及ぶことで、灯りの費用が増える。他にも目に見えない費用がかかる。

しかし、老中には役職手当がない。また役高が決まっていないので、足高《たしだか》もされない。老中にあるのは基本、名誉だけであった。

一応、政に金がかかるとは幕府もわかっているので、老中にした大名を優遇はする。まず、参勤交代は免除される。また、お手伝い普請はあたらない。他にも確実とはいえないが、老中になった者が僻地《へきち》であったり、表高《おもてだか》より実高が低いような領地だったときは、交通の要地や物なりのいいところへ移してくれることもある。

だが、栄転ともいえる転封《てんぽう》もいいことばかりではなかった。

転封には引っ越しがつきものである。それも大名だけでなく、家臣すべてとその家族も移動する。その費用が膨大であった。また、新天地の慰撫《いぶ》もある。領民というのは、よほど圧政をしていない限り、領主を慕う。それが交代して、新たな領主が来る。その領主が己たちにとって、いい領主なのか、年貢を上げたり、新たな運上《うんじょう》を課したりする悪い領主なのか、領民にとっては、まさに恐怖なのだ。それらをうまくこなさないと領地が安定しなくなる。

つまり、いいところに移してもらっても数年は赤字になってしまう。もし、その間に老中を罷免されれば、今度は移される側になり、それこそいい思いをすることなく終わってしまう。

「金はよいが……会津藩松平家と敵対するのはよろしくない」

堀田相模守が苦い顔をした。

金を突き返すということは、頼みを断っているのはもちろん、敵対するとの意味も持つ。

会津藩松平家ほどの家を敵に回すのはまずかった。

「お手伝い普請は御上の命じるもの。我ら老中にその責はなく、恨みも買わぬ。しかし、金をもらっておきながら、なにもできなかったというのは、老中の実力を貶《おとし》めることになる」

「どういたせば……」

堀田相模守の懸念《けねん》に西尾隠岐守が顔色を悪くした。

「一斉に金を返せば、会津藩松平家もなにも言えまいが……」

老中全員の意思だとすれば、一人だけ恨みを向けられる心配はない。

「そういたすしか……」

西尾隠岐守が口にした。

「相模守どの」

黙って聞いていた松平右近将監が、提案があると声をあげた。

「なにかよい手があるのか」

堀田相模守が興味を見せた。

「我ら以外にも会津藩松平家は金を撒《ま》いておりまする」

「ああ、まちがいないだろう」

松平右近将監の言葉に堀田相模守がうなずいた。

「なれば、そちらに押しつけてはいかがでしょうや」

「押しつける……」

堀田相模守が松平右近将監の献策について考えた。

「我らは溜の間詰めの者にお手伝い普請をさせることは、従来の慣習に背くことになり、よろしくないと存じまする。そう上様へ具申したが、他の者が上様へ強行なさるべしと勧めた」

「なるほど……」

堀田相模守が考えた。

九代将軍家重は、己の意思を直接伝えることができない。唯一家重の言いたいことを理解できる大岡出雲守忠光が、その代弁をしているが、天下にはそれが本当に家重の意思なのかという疑いを持っている者は多い。

さすがに老中ともなれば、家重と対峙《たいじ》する機会がかなりあるため、大岡出雲守の通《つう》詞《じ》がまちがってはいないとわかっている。

「なれば誰に押しつける……」

声を小さくして堀田相模守が松平右近将監に問うた。

「我ら執政《しっせい》の役目がどれほど重いかをわかっておらぬ者に、思い知らせてはいかがかと」

「そのような輩《やから》がおるか……」

言われた堀田相模守が首をかしげて後、気づいた。

「お側御用取次か」

「はい。あやつらは我らが上様にお目通りを願う邪魔をいたしまする」

堀田相模守の答えを松平右近将監が正解だと首肯した。

お側御用取次は、七代将軍家継《いえつぐ》が幼いということを利用し、老中たちが政を専有したとの反省から、八代将軍吉宗が新設した役目であった。

「そのような用件では、上様へお取り次ぎできかねまする」

たとえ何人《なんぴと》であろうとも、将軍へ目通りをするためには、お側御用取次に用件を伝え、その認可をもらわなければならないとし、こうすることで老中たち役人が、将軍へ無理強《むりじ》いをできないようにした。

「お側御用取次ごときに、天下の政を承る老中が気兼ねをせねばならぬ」

「政についての知識も経験もないくせに、却下するなど僭越至極《せんえつしごく》」

当たり前のようにお側御用取次の評判は悪い。

だが、吉宗の決定を覆《くつがえ》すなど老中でもできず、また家重へ廃止を求めようと目通りを願うにはお側御用取次に報《しら》せないといけないのだ。

「我らを排除したいと。そのような用件は認められませぬ」

言うまでもなく、拒否される。

偽りの用件でお側御用取次をだまして家重に目通りをしても、お側御用取次も同席しているのだ。

「聞いておりませぬ」

違うことを口にした瞬間、お側御用取次が割って入る。

「今後、お取り次ぎはいたしかねまする」

お側御用取次に嫌われては、老中といえども仕事ができなくなる。

「最近、老中の某を見ぬ。役目を満足に果たしておらぬのか、あるいは病であるのか。どちらにせよ、老中という大役は果たせまい」

そう家重が懸念を持てば、地位も危うくなる。

老中たちはお側御用取次への不満を抱えていた。

「で、お側御用取次の誰を使う」

堀田相模守が問うた。

「申すまでもございますまい。お側御用取次の権を使って、金を受け取り自儘《じまま》に御上役人の任免にも口出しをいたしておる者」

松平右近将監が告げた。

「田沼主殿頭か……一同、いかがかな。そろそろ退場してもらう頃合いだと思うが」

「……………」

異論はあるかと見回した堀田相模守に、誰も否やを唱えなかった。

第五章　政争開始

一

政《まつりごと》を手にしている者がもっとも大切にしなければならないのは、保身であった。

「天下のためならば、吾《わ》が身など惜しまぬ」

高潔な意思をもって政に当たったところで、失脚させられてしまえば、天下万民のためと思って実行しようとした施策も無に帰してしまう。

これをなんとかなし遂げたいと思えば、まず吾が身を安全にする。それができて初めて執政《しっせい》は思うように腕が振るえる。

ときには思いを屈することも、生涯の願いを、父や先祖の功績を、表情一つ変えずに踏み潰《つぶ》せる。老中とはそうやってのし上がってきた者だけが到達できる地位であった。

「中井《なかい》」

密談を終えて下城してきた堀田相模守は、留守居役を呼んだ。

「会津藩松平家の留守居役と会って参れ」

「なにかお伝えすることでも」

中井と呼ばれた留守居役が緊張した。

留守居役というのは藩と藩の交流を差配する。嫁取り、婿取りなどの表向きから、政の闇《やみ》といった裏の話まで、そのほとんどは留守居役を通じてなされるのが普通であった。

「先日の話、御用部屋は一致して慣例に従うべしと決したが、間に邪魔をする者がおり、それを上様にお伝えできておらぬ。そう伝えて参れ」

「承《うけたまわ》りましてございまする。他になにか付け加えるべきことは」

念のためにと中井が尋ねた。

「そうよなあ……」

堀田相模守がしばし考えた。

「ふむ。これはおもしろいかも知れぬ」

口の端を吊《つ》りあげた堀田相模守が中井を見た。

「いささか少なかったのではござらぬのかの、と付け加えてくれ」

「そのままお伝えすれば……」

なにがどれだけ足りなかったとか、誰にだとかはなしでよいのかと中井が確かめた。

「それでわかる。なんのことかと詳細を求められても、それ以上は聞かされておらぬと拒め」

堀田相模守が中井に命じた。

会津藩松平家の留守居役井頭茂右衛門は高橋外記の欠け落ちのおかげで、かなり藩内の風当たりが強くなっていた。

「金だけ遣って、成果が出ないどころか、藩に損害を与えて逃げ出すとは」

「留守居役なぞ、不要である」

財政困難のおりから、知行《ちぎよう》の借り上げを受けている藩士たちにとって、役目という隠れ蓑《みの》を纏《まと》い吉原や品川《しながわ》などで遊興を繰り返す留守居役は恨みや妬《ねた》みの対象であった。

「いや、決して我らは楽しんでいたわけではござらぬ」

「当家は接待をするよりされる側でござって、さほどの費《つい》えをかけてはおりませぬ」

留守居役たちは言いわけを重ねるが、それでも肩身の狭い思いをしていた。

「……と主《あるじ》から会津公へ」

そこへ老中堀田相模守の留守居役から、まさに密事が伝えられた。

「留守居役でなければ、このようには参りませぬ。堀田さまから留守居役をとのご指摘もございましたように、わたくしどもも認められておるのでございまする」

話を受け取ってきた井頭茂右衛門が胸を張った。

「わかった。もうよい、下がれ」

江戸家老井深深右衛門が、顔を紅潮させて興奮している井頭茂右衛門に手を振って、下がらせた。

「近くに来い」

井深深右衛門が、同席していた用人の山下を手招きした。

「意味は理解したな」

「はい」

確認した井深深右衛門に、山下が首肯《しゅこう》した。

「御用部屋は会津藩へお手伝い普請《ぶしん》を命じるべきではないと決してくださったよう

だ」

「しかし、それをお側御用取次《そばごようとりつぎ》の田沼主殿頭《とのものかみ》さまが遮《さえぎ》られている」

山下が続けた。

「金がいささか足りなかったか」

「御老中方と同じ三百両といたすべきだったと」

嘆息《たんそく》する井深深右衛門に、山下が首をかしげた。

「金を持っていったのは、おぬしであったの。ご様子はいかがであった」

「あいにく主殿頭さまは下城なされておられずということで、用人の井上さまにお渡しし、くれぐれもよろしくお願いをいたしまするとし
「井上どのか。なれば、主に御用のむきは委細違《たが》わず伝えまする……だな」

「さようでございまする」

山下が首を縦に振った。

いかに留守を預けられている用人といえども、家臣でしかない。確定した返事をするわけにはいかなかった。

「ですが、拒まれはいたしませんでした」

山下が付け加えた。

「ふむ。ということは、主殿頭さまのもとに話は届いている」

「おそらく」

腕を組んだ井深深右衛門に山下が同意した。

「となると、相模守さまが最後に言われたという、少なすぎたが問題か」

井深深右衛門が、苦い顔をした。

「二百両では不足であったと」

「御老中方より少なかったのが、主殿頭さまの矜持《きょうじ》に障ったのやも知れぬ」

「わたくしは漏らしておりませぬぞ」

老中には三百両。田沼意次には二百両と口になどしたとあれば、怒るのは当然である。

山下が否定した。

「それくらいはわかっておるわ」

うかつな発言をするようでは、江戸屋敷の実務を仕切る用人という難職は務まらなかった。

「百両追加いたしまするか」

「後追いで百両出しても効果はないわ」

山下の発言を井深深右衛門が拒んだ。

「傷ついた矜持の慰め料もとなれば、あと二百……」

「そのようなまねをいたして、御老中方に知れれば、今度は相模守さまがお怒りになるぞ。お側御用取次を老中の上に置く気かと」

井深深右衛門が、首を横に振った。

「では、いかがいたせば……」

一度こじれてしまえば、なかなか復活は難しい。それが人と人のつきあいであり、なかでも役人相手の問題はより難しい。

山下が困惑した。

「……むうう」

井深深右衛門も頭を抱えた。

「やむを得ぬ。分銅屋に頼もう。田沼家出入りの分銅屋ならば、主殿頭さまにお目通りを願えよう。そこで百両の金を主殿頭さまに届け、当家の苦衷《くちゅう》を伝えてもらえば、どうにかなるやも知れぬ」

「なるほど。分銅屋を使者に。それはよい手立て。さすがはご家老さま」

山下が感服した。

「では、行って参れ」

井深深右衛門が、山下に告げた。

「わたくしが……でございますか」

山下が驚いた。

「おぬし以外の誰がおる。今回のこと、最初からそなたが差配したであろうが」

「さようではございますが……百両は勘定方に準備させて……」

「百両などもうないわ」

許可を求めようとした山下を、井深深右衛門が一言のもとに切って捨てた。

「三千両では足りず、藩庫から無理に二百五十両出したことを忘れたか」

不愉快そうに井深深右衛門が言った。

「それでは……百両の追加は」

「分銅屋に申しつけよ」

「無茶でございまする。三千両借り受けるときの約定《やくじょう》で、完済するまで今後一切の借財はせぬと……」

「わかっておる。それをどうにかするのが、そなたの腕じゃ。分銅屋もわかっているはずだ。お手伝い普請をなくさなければ、当家は立ちゆかぬと。百両惜しんだことで

「三千両取りはぐれるのは、分銅屋としても本意ではあるまい」

「…………」

井深深右衛門の言いぶんは、あまりに道に外れていた。

三千両貸してくれと言ったのは会津藩松平家であって、分銅屋仁左衛門から借りてくれと願ったものではない。確かに借りてしまえば、その金をどう遣うかは、こっちの勝手だが、それには期限に元金と利息を合わせたものを返済するという大前提がある。

「追加で金を貸さないと今までの分は返せなくなるぞ」

これは屁理屈《へりくつ》どころか、強盗と同じであった。

もし、それが許されれば、世のなかから金を貸す者はいなくなる。まさに庇《ひさし》を貸して母屋《おもや》を乗っ取られるになってしまうからだ。

「……銅山の話をしてよい。ただし、二万両を出せば任せると言うのを忘れるな」

「二万両を出せと……」

「銅山の経営に参加するための金じゃ。それくらいは当然だろう」

「あまりではございませぬか」

銅山は金を借りるための形《かた》、いわゆる質草である。

「それがいかがいたした。御老中方は当家の事情を受け入れてくださったのだ。あとは、主殿頭さまだけ。南山御領を正式に下賜《かし》いただければ、会津は三十万石をこえる。そうなれば、半知《はんち》借り上げもやめられるし、召し抱えも百人以上できるのだ。家中《かちゅう》でくすぶっている次男、三男が別家を立てられる」

「…………」

井深深右衛門の夢に山下は黙った。

どこの大名家でもやっきになって家臣の数を減らそうとしていた。戦国時代ならば、数は力であり、抱えている家臣が多ければ多いほど有利、すなわち強かった。

しかし、戦《いくさ》がなくなれば多すぎる家臣は大きな問題になった。

泰平の世になれば消費が増え、それに応じて物価は上昇する。しかし、武家は禄《ろく》あるいは領地という形で収入を得ている関係上、物価の上昇に応じて増収とはならないのだ。

そしてなにより困ったのが、戦のために抱えていた多すぎる藩士であった。戦う以外の能力を持たない武士は、泰平の世では無為徒食するだけで、収入を増やすことができなかった。なかには算盤《そろばん》に秀で、藩の財政を処理することで出世し、加増を受ける者もいるが、金勘定など卑しい商人のやることだと、下に見ている連中がほとんどで、自ら動こうともしない。

そういった連中は先祖の功績に胡座《あぐら》を掻《か》いているだけで、藩にとって無用どころか、なにもせず禄だけを受け取るという害悪に落ちた。

「人を減らしていい」

当初は軍役通りの家臣を抱えるように命じていた幕府も、諸大名の困窮が厳しくなった現実を見て、その方針を変えた。

たしかに幕府は大名たちに金を遣わせることで力を削《そ》ごうとはしているが、あまりやり過ぎて不満を溜《た》めこんではまずいと、由比正雪の乱で身にしみたのだ。

また、家臣が減ることで、戦力の低下にもなる。

人減らしを推進はしないが、黙認はするという幕府の姿勢変更で、諸大名は家臣たちを放逐《ほうちく》しだした。

今いる者さえ不要と捨てる時代に、新たな別家など星を摑《つか》むようなものである。もともとの家禄を割って分家を立てることは許されているが、それでも一人藩士が増えることには違いなく、総登城や藩主の家督相続などの行事には参加させなければならないなど費用が発生した。

「実家の片隅で朽ち果てるだけか」

分家も別家もできない、新規召し出しもない、そんな夢も望みもない藩士の次男以下が腐るのは当然であった。

それこそ扶持《ふち》や給金の要らない奉公人以下の扱いを受け、妻を娶《めと》るなど論外、長男に跡継ぎたる男子でもできれば、さっさと死ねと言わぬばかりにされる。

「未来《さき》のない生涯だというなら、自儘《じまま》にさせてもらおう」

実家を出て荒れ寺などに住みつき、博打《ばくち》や強盗へと身を持ち崩す者も少なくなく、会津藩松平家でも問題になっていた。

なにせうかつに捕まえれば、実家に迷惑がかかる。

「勘当《かんどう》いたしてござる」

実家も次男以下の部屋住みが逃げ出したところで探しなどはしない。出ていってくれたほうがありがたい。それこそ嬉々《きき》として藩へ勘当を報告する。

勘当された者は、藩籍から削除される。そして、浪人ではなく、無宿者にされる。無宿者はそこにいるだけで犯罪であり、捕縛の対象になる。

とはいえ、捕まれば勘当しているという言いわけは通じなかった。勘当は公式なものではあるが、被害を受けた者への免罪ではない。

「某《なにがし》の弟であったそうじゃ」

「知らぬ顔をしおって」

勘当したのだから、被害者への詫《わ》びも不要である。いや、詫びてはならなかった。赤の他人のしでかしたことで、被害を受けた者に謝罪する者はいない。謝罪すれば、かかわりがあると言っているのと同じになる。つまりは、勘当されるわけにもいかないのだ。

「いても地獄、出ても地獄」

結果、藩内の部屋住みたちは夢もなく、ただ生きているだけになり、尚武《しょうぶ》の気風などかかわりないと武芸も学問もしなくなってしまう。

「このままではいかぬ」

国家老だけでなく、江戸家老も部屋住みの対応に苦労していた。

「百人でも召し抱えてやれば、変わるであろう」

「もちろんでございまする」

山下も認めた。

夢はあった。

「武芸に優れたる者、算勘《さんかん》に通じた者から新規召し抱えをおこなう」

こう藩が声明を出すだけで、部屋住みたちは必死になる。

「格別な扱いをいたしてくれい」

なかには家柄を利用して、無能な部屋住みを押しこもうとする者も出てくるが、それは最初から勘定に入っている。

「かまいませぬが、たいした禄は出せませぬぞ」

「当家の名前にもかかわるゆえ、百石は願いたい」

さほどの禄はやらぬと宣言しても、家柄が力だと勘違いしている者は納得しない。

「では、貴殿の願い殿に申しあげ、公にいたしましょうぞ」

「それは……」

そうされれば、どれだけ名門でもたまったものではない。

「ふざけるな」

一人で百石も持っていかれてはたまらない。部屋住みにとって十石どころか五石でもありがたいのだ。失うもののなかった者たちに与えられた望みを横からかっさらうなど、どれだけ名門でも許されるはずはない。

「火を付けろ」

「闇討《やみう》ちにしてくれる」

「正々堂々と一騎討ちをせい」

部屋住みたちの怒りは名門に向かう。たとえどのような形でももめ事は、喧嘩《けんか》両成敗が武家の基本なのだ。

「城下を騒がせた罪、軽からず」

事情がわからず無茶を通そうとする名門など不要であり、潰す好機と藩は動く。

それだけの力を新規召し抱えは持っていた。

「すべては、おぬしの両肩にかかっている」

「……精一杯務めまする」

山下はそう答えるしかなかった。

二

肩を落としながら、山下は分銅屋仁左衛門を訪ねた。

「どうかなさいましたか」

分銅屋仁左衛門が怪訝《けげん》な顔で山下を迎えた。

「…………」

山下が言いにくそうにうつむいた。

「お話しいただけませぬとご用件がわかりませぬ」

「……分銅屋、なにも言わずに百両出してくれ」

用件を促した分銅屋仁左衛門に山下が頭を垂れた。

「出してくれ……貸して欲しいではございませぬので」

しっかり分銅屋仁左衛門が聞き取った。

「頼む。頼む」

山下がずっと頭を下げた。

「頭をおあげくださいませ」

「いや、おぬしが出してくれると言うまで、このままでおる」

話をしてくれと求めた分銅屋仁左衛門に、山下はずっと頭を垂れたままで告げた。

「さようでございますか。では、お構いもいたしませぬのでごゆっくりどうぞ」

「へっ」

腰をあげた分銅屋仁左衛門に山下が絶句した。

「ああ、何日いていただいても結構でございますが、ご用件がわからぬ限りお客さま扱いはできませぬ。茶はもちろん、水もお出ししませぬ。また、両替商という商いがら、店のなかを歩き回られても困りますので、この部屋からお出になられませぬように。諫山さま、お願いいたしまする」

「承知いたした。もし出ようとしたときはいかがすればよい」

「盗賊扱いでよろしゅうございまする」

左馬介の確認に分銅屋仁左衛門が答えた。

「ま、待て、待ってくれ」

山下があわてた。

両替商で盗賊として扱われ、町奉行所へ突き出されでもしたら、身の破滅である。

「話す。話すゆえ」

山下が折れた。

「……なるほど。そういうご事情でございましたか」

話を聞いた分銅屋仁左衛門がうなずいた。

「わかってくれたか」

「はい。十分に理解いたしましてございまする。よってお金は出しませぬ」

「なぜじゃ」

わかったと言いながら拒んだ分銅屋仁左衛門に山下が訊《き》いた。

「会津藩松平さまに、義理はございませぬ」

「……うっ」

正論に山下が詰まった。

「なれど、お手伝い普請を防がねば、当家は破滅じゃ。借りた金も返せぬ」

「大事ございませぬ。そのときは、証文を持って田沼さまにお願いにあがりますので」

山下の脅しに、分銅屋仁左衛門が平然と言った。

「………」

「ご用件がおすみでしたら、お帰りを」

分銅屋仁左衛門がふたたび立ちあがった。

「頼む。なんとか百両。二千人の藩士たちが生きていけるかどうかの瀬戸際なのだ」

「では、失礼をいたしまする」

叫ぶ山下を分銅屋仁左衛門は流した。

「どうにもならぬと言うか」

「少しはお考えをいただきたく存じまする。もし、会津藩松平さまに百両差しあげたとしたら、同じことを言ってこられる方を拒めませぬ」

「決して外へは漏らさぬ」

「山下さまだけで止めてくださると」

「それはできぬ。江戸家老の井深さまにはお伝えせねばならぬ」

「井深さまは他に漏らされぬと」

「殿にはご報告申しあげることになる。さらに国家老、勘定奉行にも」

「三人が知れば万人が知る。それが世の常でございまする」

分銅屋仁左衛門が手を振った。

「会津武士を疑うか」

「はい」

あっさりと分銅屋仁左衛門がうなずいた。

「会津さまだけではなく、お武家さますべてを信じておりませぬ」

分銅屋仁左衛門が宣言した。

「わたくしがどれだけの金を踏み倒されたか。わたくしだけではございませぬ、江戸中の商家がどれだけ泣いたか」

「…………」

用人は世事にも長《た》けている。分銅屋仁左衛門の言うことが真実だとわかっている山下が黙った。

「では、こういたしましょう。山下さまに百両お貸ししましょう」

なんとか百両を手当てせねばならない山下が必死に頼みこむのに、分銅屋仁左衛門が応じた。

「えっ……」

いきなり言われた山下が唖然《あぜん》とした。

「会津藩松平さまには、前の三千両をお返しいただくまでは百文といえどもお貸しいたしませぬ。これは商人として守るべき約束でございまする。ですが、山下さまにならばよろしゅうございまする」

「拙者が百両を借りる……」

「そうすればわたくしも商いに反しませぬし、山下さまは百両用意できる。ともに問題はないかと」

まだ理解の追いついていない山下に、分銅屋仁左衛門が述べた。

「百両など借りても返すあてはない」

「山下さまのご家禄はおいくらでございましょう」

「六百石と用人の手当として五人扶持をいただいておる」

「そこを枉《ま》げて……」

問われた山下が答えた。

「六百石と五人扶持……年に三百二十両ほどでございますか」

「そんなにはないぞ。藩の財政が厳しいゆえ、本禄は半知借り上げを受けておる」

「ということは百七十両ほどですか。少し節約をしていただけば、百両ならば三年、いえ五年あれば十分ご返済いただけますな」

「なぜ拙者が借財を……」

金がない藩の政に深くかかわっている用人なのだ。元金に利を付けて返さなければならなくなる借財の怖ろしさは身に染みて知っている。それこそ年数によっては百両借りて、二百両返すことにもなりかねない。

「おや、まったく恩も義理もない商人に百両を要求しておきながら、ご自身がとなるとお嫌でございますか」

「…………」

「一度帰られてはいかがかの」

思わず左馬介が横から口出しをした。

いつまでも話が堂々巡りでは、左馬介が帰れなくなる。一応、分銅屋仁左衛門が出させた瓦版《かわらばん》のおかげで、長屋へ戻ることができるようになった。

分銅屋にいれば、衣食住のすべてを面倒見てもらえるが、やはり雇い主の目が絶えずあるというのは気疲れする。酒をかっ喰《く》らって大の字に眠るというわけではないが、やはり他人に見られているのではないかというのは、心安まらないのだ。

「江戸家老どのに分銅屋どのの話を伝え、どうすればよいかを問うてみてはどうだ。それでも分銅屋どのに金を出せと言われるならば、次は通さぬが」

左馬介が提案した。

「諫山であったな。そなたも会津藩松平家の……」

「ああ、無駄だ。無駄。会津に行ったことなどないし、父がかつて仕えていたと言われてもの、拙者が生まれる前の話じゃ」

情を絡《から》めようとした山下を遮って、左馬介が手を振った。

「………」

「諫山さまの言われる通りでございますよ。うまくいけば、そのご家老さまが百両の借財を背負うと仰せになられるかも知れませんし」

分銅屋仁左衛門も勧めた。

「わかった」

山下がうなずいた。

「……どう思います」

二人になったところで分銅屋仁左衛門が、左馬介に問うた。

「主殿頭さまが、そのような嫌がらせをなさるとは思えぬなあ」

左馬介が分銅屋仁左衛門の意図を読んで答えた。

「でございますな。おそらく御老中方は会津松平さまへのお手伝い普請が避けられぬとお考えなのでございましょう。ただ、金をもらった以上、できませんでしたとは言いにくいので、田沼さまにその責を押しつけようとした。まあ、そんなところでしょうよ」

分銅屋仁左衛門もわかっていた。

「さて、居留守を使いますかね。百両捨てる気はありません。諫山さまもお帰りになられて結構でございますよ」

「よいのか。ならば、そうさせてもらおう」

帰宅を許された左馬介が、あくびをかみ殺した。

屋敷へ戻った山下の話に井深深右衛門が怒った。

「そなたが借りてくればすむであろうが」

「ですが、この金は藩の……」

「その藩が潰れれば、そちの家禄も地位もなくなるのだぞ」

呼びかたを変えてまで井深深右衛門が、山下を罵《ののし》った。

「なればご家老さまがお借りになられればよろしゅうございましょう」

山下が言い返した。

「ご家老さまは、わたくしよりも高禄を食《は》んでおられる。ならば、そのぶん忠誠も篤《あつ》くなさらねばなりますまい」

「愚かなことを」

井深深右衛門が、嘆息《たんそく》した。

「わかっておらぬの。たしかに用人も重要な職務ではある。だが、家老に比べれば、まだ軽い。それはわかっておるな」

「それは承知いたしておりまする」

事実である。上屋敷のことを差配していればいい用人と、藩全体の政を担当する家老では、その重要度に差が出て当然であった。

「儂《わし》は家老として心労の溜まる日々を送っておる。そこに借財という余分な苦労まで背負わせる気か」

分銅屋仁左衛門の言う百両を個人で借りろというのは、藩とはかかわりがなかった。

極端な話、借金した藩士が踏み倒そうとも藩はいっさいの責任を負わない。

「ご家中の某さまが……」

金を返さないと訴えたところで、

「気を付けよ」

藩が代わりに払ってくれることなどなく、せいぜい当事者の藩士に注意をするくらいである。

ただ返せなかったという重石《おもし》が心に沈むだけであった。

「余計な負担を執政にさせるな」

「……それは」

叱責《しっせき》を受けた山下が絶句した。

「かといえ、用人も激務である。では誰にといったところで、藩の裏について教えることになるだけに、人選が難しい。まさか、金を扱う勘定奉行に借財をさせるわけにはいかぬ」

金を触る者に借財があるなど、疑惑を生むことになる。

「やはり、そなたしかおるまい」

井深深右衛門が、口調をもとに戻した。

「……………」

これ以上の抗弁は、用人という職を失うことになるとわかった山下が黙った。

「なれど、そなただけに負担を強《し》いるのは、儂の本意ではない。どうだ、借財を返すまでの間、一人扶持増やしてやろう」

一人扶持は一日玄米五合、一年で一石と八斗になる。精米の目減りや販売を委託する商人の手間賃などを抜けば、およそ一年で一両の増収になった。

「一人扶持では、利にもなりませぬ」

商人に借金したときの利は、最低で一割、最高となれば天井知らずになる。もっとも安い一割としても、百両借りれば一年で十両になった。

「それも借財が終わりまででは、五年ほど。それではわたくしは四十五両からを藩に差し出すことになりまする」

「むっ」

一人に負担をかけすぎれば、どこかで不満が爆発する。外交を担っていた高橋外記が行方不明となった今、藩の内情をよく知る用人まで欠け落ちされては、会津藩松平家は丸裸になる。

名君と讃《たた》えられた保科肥後守の末裔《まつえい》とはいえ、表沙汰《おもてざた》にできない事情はいくらでもある。また、それを手に入れて会津藩松平家を痛めつけたいと考えている者は多い。

山下の苦情に、井深深右衛門が詰まった。

「末代まで二人扶持をいただきたいと存じまする」

すかさず山下が願った。

「それは認められぬ」

井深深右衛門があわてて首を横に振った。

末代までというのは、本禄への加増になる。一年で二両でも五十年で百両、三代続けば儲《もう》けが出た。

「そうよな。なればそなた一代に限り五人扶持をくれてやる」

井深深右衛門が妥協案を提示した。

「……わかりましてございまする」

一年で五両、金利合わせて百五十両を償還するには三十年かかるが、それ以上当主であれば、年五両近い増収になる。

山下が了承した。

「では、行け」

腹立たしげに、井深深右衛門が手を振った。

三

長屋へ戻った左馬介は、水瓶《みずがめ》の交換をしに井戸へ出たところで、長屋の女房たちにつかまった。

「先生、大丈夫だったのかい」

「あいつは一体……」

「かかわりあるんじゃないだろうね」

気遣ってくれる者、人斬りへの怯《おび》えを忘れられない者、左馬介が原因じゃないかと疑う者、長屋の女房たちが口々に問うた。

「ご覧の通り、傷一つないぞ。あいつは布屋の親分に聞いたところによると、人斬りとかいわれる下手人《げしゅにん》だそうだ。とにかく人を斬れればいいというとんでもない輩《やから》で、偶然、この長屋に押し入ってきたらしい」

すでに分銅屋仁左衛門と布屋の親分と打ち合わせはすんでいる。左馬介はいっさい知らないと首を左右に振った。

「そうだったのかい。だったら、もう二度とないんだね」

「あいつが来ることはない。四肢をへし折ってやったからな、刃物を持つことも叶《かな》わないだろうし、両手で足りないくらいの人を殺しているのだ。まず、まちがいなく死罪になる」

まだ不安そうな女房に、左馬介がうなずいて見せた。

「諫山さまあ」

そこへ村垣伊勢が芸者加壽美として、すがりついてきた。

「聞きましたよ。町奉行所の旦那からあの人斬りのことを。まず男を殺してから、女も全部斬るつもりだったって。諫山さまがいてくれなかったら……あたしたちは」

ぐいぐいと身体《からだ》全体で抱きつきながら、村垣伊勢が泣きそうな声を出した。

「じゃあ、旦那が頑張ってくれたから、あたいらも無事だったと」

「ありがたや」

長屋の女房たちが、左馬介を輝くような目で見つめた。なかには両手で拝んでくれる者もいる。

「………」

しかし、左馬介は冷めていた。抱きついて胸に顔を埋《うず》めている村垣伊勢の唇が笑みの形にゆがんでいるのを見たからであった。

「旦那、旦那。水瓶は洗っといてあげるから、姐《ねえ》さんを連れて行きなさいよ。女を泣かすのは、ここじゃないでしょう」

長屋の女房が勧めた。

「覗《のぞ》きには行かないから、ごゆっくりね」

別の女房がからかった。

「……そうではないぞ、決して」

「諫山さまが……つれない」

必死で否定しようとする左馬介に、村垣伊勢が身をもむようにして止《とど》めを刺した。

「女に恥ずかしい思いをさせちゃ、いけませんよ」

長屋の女房たちの雰囲気が、いつものものに戻った。

「ええい」

あきらめた左馬介が、村垣伊勢を抱きかかえるようにして、長屋へ逃げ込んだ。

「なにを考えている」

後ろ手に戸障子を閉めた左馬介が、まだ張り付いている村垣伊勢を剝《は》がした。

「もう少し楽しませろ」

不足そうに言いながら村垣伊勢が左馬介を見た。

「礼を言ってもらいたいものだな」

村垣伊勢が上がり框《かまち》に座りながら、要求した。

「……たしかに。助かった」

立ったままで左馬介が頭を下げた。

「それだけか。軽いな。二度も助けてやったのだぞ」

「人斬りと今か」

「わかっているではないか」

村垣伊勢が満足そうに首肯した。

長屋の女房たちは、左馬介が原因ではないかと怖れていた。それを口下手《くちべた》な左馬介に代わって、村垣伊勢が払拭《ふっしょく》して見せた。

「助かった」

もう一度左馬介が感謝した。

いかに分銅屋仁左衛門の長屋とはいえ、女たちに忌避されては気詰まりで住んでいられない。

もちろん、そうなれば分銅屋仁左衛門が新しい家作を用意してくれるだろうが、それでもようやく住み慣れた吾《わ》が家《や》を失うのは痛かった。

吾《われ》もつまらぬでな。玩具がいなくなっては、ここに帰ってくる楽しみがなくなる」

村垣伊勢がにやりとした。

「…………」

「まあ、遠慮せずに座れ」

村垣伊勢が、己《おのれ》の右を指し示した。

「吾の家ぞ」

文句を言いながら、左馬介が座った。

「前にお座敷の話をしたのを覚えているか」

「おぬしを閨《ねや》に呼びたいと言った普請奉行がいたとかいうやつだな」

問われた左馬介は覚えていた。

「佐久間久太夫という。まあ、おぬしが名前を覚えずともよいが……明日、わたしに座敷をかけてきた」

「普請奉行が直接か」

「いや、先日の座敷主であった因幡屋という材木屋を通じてだ」

村垣伊勢が違うと告げた。

「そのような客を受けぬのだろう」

「もちろん、断る」

「では、なにが問題なのだ」

左馬介が首をかしげた。

「前回な、因幡屋が大きなお手伝い普請を任せてもらえたら、吾を抱かせると申したのだ」

「ということは、大きなお手伝い普請が決まったと。会津か」

教えるような村垣伊勢の言葉に、左馬介が声をあげた。

「最近、会津からなにか言ってこなかったか」

村垣伊勢が訊いた。

「三千両の話はしたか。いや、していなかったか。どちらでもよいか」

思いつく最初から、左馬介が語った。

「……で、先ほど江戸屋敷の用人というのが参っての……」

左馬介が先ほどのできごとについても述べた。

「……金を百両寄こせだと。馬鹿なことを言う。商人が無駄な金を遣うはずはなかろうに」

村垣伊勢があきれた。

「されど、用人が賄賂《わいろ》の不足分を分銅屋に負担させようと来た。つまり、会津藩松平家はまだお手伝い普請となったことに気づいていない」

「金をどうすると分銅屋は申していた」

首を縦に振ってから、村垣伊勢が尋ねた。

「貸さぬと」

「やはりの。さすがは商人」

「百両借りたければ、用人が己の借財にせよとも」

「用人が百両を……ふふふふ」

村垣伊勢が笑った。

「さて、どうするのであろうな。会津は、いや、用人は」

「まだお手伝い普請が決まったと知らなければ、なんとしてでも借りに来よう」

楽しそうな村垣伊勢に左馬介が述べた。

「ではの」

村垣伊勢が、立ちあがった。

「そろそろいいだろう。男女がいたすくらいの間は経《た》った」

「あっ」

左馬介が思わず声をあげた。

「皆、期待しているのだ。応《こた》えてやるのも隣人の役目だぞ……」

口の端を吊りあげていた村垣伊勢の表情が、恥じらいを含んだものに変わった。

「なにを……」

「…………」

呆然《ぼうぜん》としている左馬介を残し、顔を袖《そで》で覆った村垣伊勢が出ていった。

「……ちょっと」

「あら」

長屋の女房たちの嬌声《きょうせい》が、左馬介の耳に聞こえた。

「……なにがしたいんだ」

左馬介は村垣伊勢の行動に戸惑うしかなかった。

そんなこんながあったおかげで、左馬介は眠る間を得られなかった。水瓶を受け取りに行ったときに、根掘り葉掘り村垣伊勢とのことを訊かれたのも疲れを助長した。

「御免」

「諌山さま、おいでなさいやし」

湯屋《ゆや》に現れた左馬介を番頭が迎えた。

「ずいぶん、お疲れのご様子で」

番頭が左馬介を気遣った。

「いろいろありすぎてなあ」

左馬介が嘆息した。

「無理ございませんやね。ご活躍はいまだに噂《うわさ》でござんすからねえ。人の噂も七十五日と言いやすから、もう少しのご辛抱で」

湯屋の番頭が慰めた。

「だといいがな」

褌《ふんどし》一つになった左馬介が、湯屋と脱衣場を仕切る石榴口《ざくろぐち》をくぐった。

水の便が悪い江戸は、上方《かみがた》と違って湯船ではなく、蒸し風呂《むぶろ》になっている。そのため湯気が抜けないように設けられた石榴口の奥は、白く煙るようであった。

「ふうう」

人気《ひとけ》のないところへ腰を据えた左馬介は、蒸気によってもたらされる暑さと湿り気で汗が出てくるのを待った。

「おや、分銅屋の用心棒の先生じゃございませんか」

横を通ろうとした職人風の男が左馬介に気づいた。

「どなたか」

見たことのない顔に左馬介が戸惑った。

「ああ、お初にお目にかかりやす。津田屋《つだや》の持ち長屋で飾り職人をしておりやす、峰《みね》蔵《ぞう》と申しやす」

「峰蔵どのか。しかし、よく拙者が分銅屋の者だとわかったな」

「あれ、ご存じじゃございませんかい」

首をかしげた左馬介に、峰蔵が驚いた。

「なにを知らぬと……」

「先生の絵姿が、読売《よみうり》に出てやしたよ」

「……はあ」

絵姿が広がっていると言われた左馬介が間の抜けた返事をした。

「なぜ、拙者の絵姿が……」

「そりゃあ、人気でござんすから」

峰蔵が左馬介の隣に腰を下ろした。

「人気……浪人だぞ」

浪人は武士の振りをした破落戸《ごろつき》のような扱いを受けるのが普通である。

「そりゃあ、一人で百人の盗賊を倒して……」

「おいおい、どこまで話が大きくなってる。全部で十人もいなかったぞ」

「そうなんでやすか。読売には百人って書いてありやしたが」

峰蔵が不思議そうな顔をした。

「はあ」

左馬介が大きく嘆息した。

「ここでお目にかかったのもなにかの縁でござんす。お背中を流させてくだせえ」

「すまんな」

厚意を断るわけにもいかない。左馬介は素直に背中を向けた。

「肩の盛り上がりがすごい……さすがは用心棒の先生だ」

感心しながら、峰蔵が背中をこすってくれた。

「かたじけない」

左馬介が峰蔵に礼を言った。

「いやいや、こちらこそで。先生の背中を流したと自慢できやす。そういえば、先生を探している人がいやしたねえ」

ふたたび向き合った峰蔵が口にした。

「拙者を探している……誰だろうか」

「ちょっとした商家の番頭といった風でござんした」

「見ない顔だと」

「でござんすねえ。まあ、あっしも仕事柄ほとんど出歩きやせんので、確かとは言えやせんが」

「いや、助かった」

身体を洗い終わった左馬介は、峰蔵に礼を言って風呂を出た。

風呂を出ても、左馬介は二階へあがっていない。風呂屋の二階は、碁盤や将棋盤、黄表紙《きびょうし》本などがあり、湯上がりの遊び場になっている。さらに所々に小さな穴が開いており、そこから女湯を覗けた。

「分銅屋の用心棒が、風呂屋で覗き見して喜んでいた」

などと言われては分銅屋仁左衛門の名前にかかわってくる。

「いい湯であった」

番頭に挨拶《あいさつ》をして、左馬介は湯屋を出た。

四

田沼主殿頭意次は、いつまで経っても老中たちが会津藩松平家へのお手伝い普請をどうするかの上申に来ないことにあきれていた。

「金を受け取ったのなら、それだけのことはせねばなるまいに」

田沼意次が、独りごちた。

「今日もなしか」

老中の下城時刻を過ぎた。田沼意次がため息を吐《つ》いた。

「帰るか」

本日は宿直番《とのいばん》ではない。田沼意次はさらに一刻（約二時間）待ったのち、屋敷へ戻った。

「お目通りを願っている者が……」

「わかっておる。順次通せ」

近習《きんじゅ》の遠慮がちな報告に田沼意次がうなずいた。

留守の間や来客中は用人の井上に任せるが、屋敷に在って手の空いているときは、できるだけ面会に応じるようにしていた。

こうすることで、思わぬ話が聞けたり、直接目通りできたと相手にいい印象を与えられる。

「……善処いたしましょう」

田沼意次はどの来客にも確約をしなかった。

「くれぐれもよしなに」

来客が二十五両の金包みを十個置いていった。

「馬鹿の一つ覚えのように、誰も彼も長崎奉行になりたがることよ。長崎奉行は遠国《おんごく》奉行の筆頭、それに就くには他の遠国奉行か諸国巡見使《しょこくじゅんけんし》くらい経験しておかねばならぬ。まずは、堺《さかい》奉行、大津《おおつ》奉行、下田《しもだ》奉行あたりをと願うべきだ」

田沼意次が置いていった金を片付けるように手で近習に合図した。

「なにより、一年で数百両からの余得があると言われている長崎奉行だぞ。それをこのていどの端金《はしたがね》で手に入れようなど、ものを知らぬにもほどがある。わかっていてやったならば、余を甘く見ているし、わからずにやっているならば世間知らず。どちらでも役立たずである」

厳しい評価を田沼意次が下した。

「殿、分銅屋がお目通りをと」

「通せ。残りの方々には、今日はここまでだと伝えよ」

「はっ」

近習が走っていった。

「お疲れのところ、畏《おそ》れ入りまする」

「陪席《ばいせき》、お許しいただきたく」

すぐに分銅屋仁左衛門と左馬介が田沼意次の前に通された。

「いや、この刻限に来たのだ。なにかあったな」

まもなく暮れ六つ（午後六時ごろ）に近い。目上の屋敷を訪ねるには無礼と言われても不思議ではなかった。

「さようでございまする。じつは……」

分銅屋仁左衛門が経緯を語った。

「ほう……老中たちから」

聞き終わった田沼意次が目を細めた。

「で、百両は貸したのか」

「一度は断ろうと思いましたが、田沼さまにお預けすべきと考えなおし、貸しましてございまする」

「ならば、明日の夕だな」

分銅屋仁左衛門の返答に、田沼意次が予想した。

「前回、井上にしか会えなかったからな。今度は余と直接遣《や》り取りをして、確約を欲しがるだろう」

「まず、そうなるかと」

田沼意次の考えに分銅屋仁左衛門も同意した。

「いや、ご苦労であった。夕餉《ゆうげ》をともにと言いたいところだが、いささか御用がたまっておるのでな」

「では、失礼をいたしまする」

帰れと促した田沼意次へ分銅屋仁左衛門と左馬介が頭を下げた。

屋敷を出たときには、日が落ちていた。

「今から店まで戻っていては、かなり遅くなりますね。その辺でなにか腹に入れましょうか」

「それは助かる」

いつもであれば、夕餉にありついている刻限である。左馬介が分銅屋仁左衛門の提案に諸手《もろて》を挙げて賛成した。

「あそこに提灯《ちょうちん》がありますね。煮売り屋のようですが、よろしいですかな」

分銅屋仁左衛門が左馬介にあそこでいいかと訊いた。

「もちろんだ。煮売り屋で飯を喰うのは慣れている」

左馬介がうなずいた。

葭簀《よしず》掛《が》けの屋台は、浪人にとってありがたいところであった。丼飯と菜《さい》の煮付け、具なしの味噌汁《みそしる》に酒を一杯付けても六十文するかしないかで、一日の稼ぎが三百文ほどの浪人や人足にとって、まさに命の綱であった。

「お邪魔しますよ」

煮売り屋に暖簾《のれん》などない。葭簀の隙間《すきま》から入れば、すぐ醬油《しょうゆ》の空《あ》き樽《だる》が並べられており、その上に腰を下ろすようになっている。

「…………」

ちらと分銅屋仁左衛門と左馬介に目をやった店の親爺《おやじ》は、愛想の一つも見せず黙って空いている席を顎《あご》で示した。

「飯とそこの醬油の煮染《にし》め、味噌汁はなにがあるかな」

「具なしなら六文、蜆汁《しじみじる》なら十二文」

分銅屋仁左衛門の質問に親爺が面倒くさそうに答えた。

「じゃあ蜆汁を二つ。諫山さま、お酒はどうします」

「やめておこう。拙者の仕事はここからだ」

左馬介は分銅屋仁左衛門の気遣いに首を横に振った。

「そういうところが頼りになりますな」

うれしそうに分銅屋仁左衛門が左馬介を褒《ほ》めた。

「その代わり飯は大盛りで頼む」

「結構でございますとも」

分銅屋仁左衛門が注文を終えた。

「全部で百十二文だ」

先払いだと親爺が手を出した。

「……これで」

巾着から銭を出して分銅屋仁左衛門がきっちりと払った。

「…………」

礼も言わずに受け取った親爺が、冷や飯をどんぶりに盛り上げ始めた。

「諫山さま、主殿頭さまはどうなさると思われまする」

分銅屋仁左衛門が左馬介に問いかけた。

百両は貸したが、分銅屋仁左衛門は田沼意次との仲立ちは拒んでいた。

「わたくしもあきないがございますので。どうしてもと仰せならば、一日分の手当をいただきたく」

「いくらだ」

「田沼さまとの縁つなぎも入れますと、百両」

問うた山下に分銅屋仁左衛門が平然と告げた。

「ふ、ふざけるな」

「おや、お高いと。一度、その辺りでお訊きになってくださいませ。田沼意次さまに直接願いを聞いていただけるならば、いくら払うかと」

「うっ……それでも高すぎる」

「会津さまだけ優遇するわけには参りませぬと、前もお話しいたしました」

「わかった。こっちでやる」

借財を二百両にするわけにはいかないと、山下は金だけ受け取って帰っていった。

「突っ返されるだろうなあ」

左馬介が推測した。

「金を欲しておられるわけではない。もらった金もそのほとんどを、苦労の割に報《むく》いられることのない下僚たちのために遣われている」

分銅屋仁左衛門が同意した。

「ようはどう断られるかですな」

「真実を語られるかどうかか」

「はい。事実は老中さまが上申していないと、教えられるかどうかで、ずいぶんことは変わりましょう」

「…………」

無言で目の前の台に置かれた飯を喰らいながら、左馬介が思案した。

「……汚名くらい平然とかぶられるお方よなあ」

口のなかの飯を呑《の》みこんで、左馬介が言った。

「でなければ、金で出世を請け負うなど、なさいませんよ」

「一つ気になるのだが」

同意した分銅屋仁左衛門に、左馬介が怪訝な顔をした。

「……どうしました」

煮すぎて黒くなった煮染めに顔をしかめながら、分銅屋仁左衛門が促した。

「なぜ主殿頭さまは、ご老中になられるまでご辛抱なさらなかったのだ。ご当代の将軍家さまのご信頼もあるのだろう」

寵臣《ちようしん》が執政になるというのはままあるどころか、当然の帰結といえるものであった。

「ときでございましょう」

「……とき」

分銅屋仁左衛門の言葉に左馬介が戸惑った。

「今の主殿頭さまは、お側御用取次でいらっしゃいます。御上《おかみ》にはいろいろと決まりがあり、大名が老中になるには側用人、若年寄、京都所司代《しよしだい》、大坂城代のいずれかを経験しなければなりません」

「手順か」

左馬介が嘆息した。

「しかもいずれのお役目にせよ、一年やそこらというわけには参りません。とくに大坂や京などに出されてしまえば、上様と大岡出雲守さまをお守りすることができなくなりまする」

分銅屋仁左衛門が首を左右に振った。

「上様と側用人さまを守る……」

天下の主とその側近中の側近である。その二人を害する者を左馬介は想像できなかった。

「さすがに上様をどうこうすることはできませんがね」

もし、家重に毒を盛るなり、無理矢理隠居させるなりすれば、謀叛《むほん》となる。どれほどの権力を持つ者であろうとも、徳川の名跡《みょうせき》を名乗る者でなければ、天下を取ることはできないのだ。それがたとえ老中でも、譜代《ふだい》大名、旗本が黙ってはいない。それこそ、その日のうちに首を討たれ、族滅になる。

「大岡出雲守さまを上様から引き離すことはできましょう。大坂城代などに出世させても、側用人を辞めさせてもいい。なにせ上様はご自身のご意見を大岡出雲守さまがおられなければ伝えられないのですからね。大岡出雲守さまの異動を告げられても、それを拒むとのご意思を表明できない。必死に首を横に振られても、知らん顔されればそこまで。そして大岡出雲守さまを失ってしまえば、上様は言いなりにできる」

「……それはっ」

味噌汁の椀《わん》を左馬介が落としそうになった。

「ですが、それにはどうしても邪魔な壁がある」

「主殿頭さまか。そうか、大岡出雲守さまを引き離した後、上様へのお目通りをしなければならぬ。それも早急に。ときをかければ、大岡出雲守さまが上様のもとへ駆けこんでくる。上様から大岡出雲守への目通りは叶わぬとのご諚《じょう》をもらわねば……」

「大岡出雲守さまに手を出した者は破滅」

左馬介の考えを分銅屋仁左衛門が認めた。

「なぜ、そのようなまねを。すでに老中というこれ以上ない地位にあるというのに」

「地位にともなう実権がないからでしょうな。かつて七代将軍家継さまのころは、上様が幼いということで老中方が天下を差配された。それを八代将軍吉宗さまは取りあげられた。老中といえども、将軍の命をこなすだけ。まさに名前のみでございますな。それでも吉宗さまのお力は強く、反発できなかった。その吉宗さまがお亡くなりになり、代わったのがご意思を伝えることのできない家重さま」

「ふたたび天下を自儘《じまま》にできる日が来たと思った」

「政の持つ力に魅入られたのでしょうな。天下を思うように動かしてみたいと」

「天下万民の面倒を見る。一つまちがえば、人が死ぬ。そんな重荷を背負いたいとは、わからぬわ」

大きく左馬介が嘆息した。

「諫山さまも老中になられたらわかりますよ」

「勘弁してくれ。拙者は生涯使われている身分でいい」

左馬介が精一杯嫌がった。

「それがお気楽でしょう。人を使うは苦を使うと申しますからな」

たくさんの奉公人を抱える分銅屋仁左衛門がしみじみと言った。

「馳走《ちそう》であった」

「ご馳走さま」

二人はほぼ同時に飯を片付け、煮売り屋を後にした。

「ますます、ややこしくなりそうですな」

「世のなかはとっくに金が支配している。それを認めない者たちを排除するために、今度のことを主殿頭さまは利用されるおつもりなのだろうか」

嘆息しながら話の続きを口にした分銅屋仁左衛門に、左馬介が怯えた。

「でございましょう。かなり武家の間にも金のありがたみは浸透し始めましたが、日ごろ金を直接遣うことのないお大名方は、まだまだ米が大事でございますから。武家は上意下達《じょういかたつ》。上が変わらぬかぎり、下は苦しむだけでなにもできませぬ」

分銅屋仁左衛門が哀れそうに言った。

「なにをなさるおつもりだと見る」

「ご老中方を揺さぶられましょう。固まっていればこそ、御用部屋の一致という強みが使える。ですが、意見が割れれば、御用部屋の力は半減しますから」

歩きながら分銅屋仁左衛門が続けた。

「巻きこまれますな、確実に」

分銅屋仁左衛門が左馬介に肚《はら》をくれと告げた。


翌日、田沼意次は会津藩用人山下との面談をおこなっていた。

「……なにとぞ」

山下が額を畳に押しつけて願った。

「つまりは、余が会津藩松平家にお手伝い普請をさせようとしている。そう、貴殿は言われるのだな」

田沼意次が冷たい声で確認した。

「…………」

そうだと応じるわけにもいかず、山下が察してくれとばかりに、平伏した状態から田沼意次を窺《うかが》うように見あげた。

「ご返答いただきたいが……残念だな」

じっと山下を見ていた田沼意次が、客間の隅に控えている用人井上へと合図した。

「はっ」

首肯した井上が、ふくさ包みを山下の前へ置いた。

「こ、これは」

見ただけで包まれている中身は金だとわかる。

「信用できぬ者に無駄金を遣われることはない」

田沼意次が告げた。

「お、お待ちを」

山下が顔色を変えた。

「主殿頭さまをご信頼いたしております。ですが、今回のことは齟齬《そご》があるようでございまして……」

互いのすれ違いだと山下が弁明した。

「なにやら、貴殿、いや会津藩松平家どのはお考え違いをなさっているようだ」

小さく田沼意次が首を横に振った。

「考え違い……でございまするか」

「そうじゃ。お側御用取次は上様へお目通りを願う者たちから用件を聞き、私欲にかかわるものかどうかを確認するのがお役目である。自らの出世を願うとか、己の領地への利を誘導するものとかを排除するだけで、御上の政に絡む用件は止められぬ。そこまでお側御用取次ができるようになれば、老中は不要になろう」

田沼意次が淡々と語った。

「では、主殿頭さまは……」

「御用の内容については話せぬ」

きっぱりと山下の望みを田沼意次は拒んだ。

「お預かりいたしていたものをお返しする。お持ち帰りあれ」

「い、いえ、これは差し上げたものでございまする」

「井上、客人がお帰りだ」

すがる山下を田沼意次が拒絶した。

「お許しを、お許しを」

「今後、会津のお方とはお目にかかることはござらぬ。ご健勝であられよ」

必死に謝罪する山下を、田沼意次が追い討った。

「あああ」

崩れる山下を、井上と近習が抱えるようにして出ていった。

「……金の力を信じぬからよ。金をもらった方はどうするにせよ、気を遣わなければならぬという負い目を持つ。その負い目をうまく使えるように動くべきであった。老中たちへの食いこみが浅かった。老中ごとに金額を変えるなどして、御用部屋にひびを入れるくらいのことをいたさねばの」

一人になった田沼意次が呟《つぶや》いた。

「さて、会津の苦情を受けた堀田相模守はどうするか。余の排斥《はいせき》に本腰を入れてくるだろうな。姑息《こそく》な手段ではなく、本気で来い」

田沼意次も政敵の排除に意気をあげた。

田沼家にあしらわれた会津藩松平家江戸家老井深深右衛門は、蒼白《そうはく》になった。

「二度と来るなと」

「はい」

憔悴《しょうすい》した山下が頭を垂れた。

「堀田相模守さま、田沼主殿頭さま、どちらが真実なのだ」

井深深右衛門が混乱した。

どちらも政を担う者である。嘘《うそ》くらい平然と吐《つ》く。後でばれたところで、方便だったと言い逃れするのが執政なのだ。

「留守居役を呼び出せ。堀田さまの留守居役を通じて真実を探らせろ」

「はっ」

井深深右衛門の指図に山下が、急いで出ていった。

「相模守か主殿頭か、どちらがだましたにせよ、会津藩松平家を甘く見たことの代償は安くはないぞ」

静かに井深深右衛門が怒りを呟いた。

〈つづく〉

時代小説文庫

う 9-11

日雇《ひやと》い浪人生活録《ろうにんせいかつろく》(十一) 金《かね》の徒《と》労《ろう》

著者 上《うえ》田《だ》秀《ひで》人《と》

2021年5月18日第一刷発行

発行者 角川春樹

発行所 株式会社 角川春樹事務所

〒102-0074 東京都千代田区九段南2-1-30 イタリア文化会館

電話 03(3263)5247[編集] 03(3263)5881[営業]

印刷・製本 中央精版印刷株式会社

フォーマット・デザイン&シンボルマーク 芦澤泰偉

ISBN978-4-7584-4405-7 C0193

http://www.kadokawaharuki.co.jp/[営業]

fanmail@kadokawaharuki.co.jp[編集] ご意見・ご感想をお寄せください。